GONG Ji-young

MA TRÈS CHÈRE GRANDE SŒUR

Roman traduit du coréen
par Lim Yeong-hee et Stéphanie Follebouckt

OUVRAGE TRADUIT ET PUBLIÉ AVEC LE SOUTIEN
DE L'INSTITUT CORÉEN DE LA TRADUCTION LITTÉRAIRE (KLTI), SÉOUL

Éditions
Philippe Picquier

Ouvrage publié sous la direction de
LIM YEONG-HEE

DU MÊME AUTEUR
AUX ÉDITIONS PHILIPPE PICQUIER

Nos jours heureux
L'Echelle de Jacob

Titre original : *Bonsuni eunni*

Mas de Vert
B.P. 20150
13631 Arles cedex
www.editions-picquier.fr
Conception graphique : Picquier & Protière
Mise en page : Christiane Canezza - Marseille
ISBN : 978-2-8097-1312-1

Combien de fois tombera la neige et soufflera le vent
avant que les feuilles repoussent et que les fleurs se fanent ?

1

Je raccroche mais je suis incapable de quitter la table où est posé le téléphone, près de la fenêtre. Recroquevillée, je reste assise là pendant un long moment. Les fenêtres de mon nouveau logement étant orientées au sud, c'est dès le petit matin que les minces rayons d'un soleil printanier pénètrent à travers les vieux rideaux défraîchis. Ce qui explique probablement que je remarque la présence de poussière incrustée depuis des lustres dans les rainures minuscules qui séparent les touches de l'appareil : entre le 1 et le 2, entre le 2 et le 3… Seuls les espaces entre le 1 et le 4, le 8 et le 9 sont passablement propres, sans doute parce que j'utilise souvent ces quatre chiffres pour appeler ma mère.

En somme, depuis que j'ai emménagé dans ce quartier sur les collines il y a un mois – c'était un jour d'hiver avec un vent glacial, je m'étais pris le bec avec les employés de la société de déménagement à propos de frais supplémentaires –, je n'ai appelé personne à part ma mère. En fait, si. Pour demander l'installation du gaz, j'ai emprunté le téléphone du propriétaire car le mien n'était pas encore en service. J'ai utilisé celui-ci pour un seul autre numéro ; la fois où, après avoir passé des jours et des nuits à vider des cartons comme si je luttais de toutes mes forces contre une personne longtemps détestée, je ne m'étais endormie qu'à l'aube, j'avais ouvert les yeux à cause de la lumière éblouissante et soudaine du soleil filtrant par la fenêtre et j'avais contemplé, l'œil vague, le nouveau papier peint blanc sentant encore la colle et les meubles fraîchement rangés ; puis, prenant conscience tout à coup du grand calme qui régnait dans ce quartier, je m'étais levée péniblement et j'avais composé le numéro d'un restaurant chinois. Personne n'avait décroché, ce qui était logique puisque ma montre n'indiquait que sept heures et demie du matin.

Pourquoi un restaurant chinois ? De fait, j'avais envie d'un bouillon de *jjamppong*, cette soupe épicée aux nouilles et fruits de mer, mais c'était surtout à cause de l'autocollant avec le numéro de ce restaurant que les précédents locataires avaient laissé sur un coin de la fenêtre. Sans cela, l'idée ne m'aurait même pas effleurée. Il faut dire qu'à cette période, j'étais tellement lassée des gens que je ne désirais appeler personne à part ce restaurant inconnu, et j'avais même été soulagée qu'il n'y ait pas eu de réponse.

A bien y réfléchir, à ce moment-là je pensais à ma grande sœur Bongsun. Ce souvenir m'était soudain revenu, après plus de vingt ans. Peut-être pressentais-je déjà ce que ma mère vient de m'apprendre au téléphone. Car c'était bien de Bongsun dont je m'étais souvenue.

— Bongsun a encore disparu, m'a annoncé ma mère sur un ton prudent pour éviter de me contrarier, moi qui suis sur les nerfs ces derniers temps. Hier, ta tante qui habite Moraenae a rencontré lors d'un mariage quelqu'un du village de Daejigol, qui lui a appris la nouvelle… Il paraît que Bongsun s'est éprise d'un colporteur de chiens[1] et qu'elle est partie avec lui. Mon Dieu, elle a déjà eu quatre enfants de pères différents, elle n'a pas honte…

— Elle a des enfants qui vont encore à l'école… Comment a-t-elle pu s'enfuir, et où ?

— Si on le savait, on ne resterait pas les bras croisés. Sa fille aînée est déjà mariée, elle habite à Gwangyang, et les trois autres sont assez grands maintenant, mais tout de même… Elle leur a dit qu'elle reviendrait les chercher une fois qu'elle aurait gagné beaucoup d'argent. Quoi qu'elle ait pu leur dire, c'est complètement fou, tu ne trouves pas ? J'ai voulu en savoir plus, mais je me suis dit qu'il ne servait à rien de poser d'autres questions puisque de toute façon ce n'est pas moi qui vais résoudre ce problème, et je ne m'en mêlerai pas. Quand même, ça me perturbe, cette histoire… Tu n'as pas besoin d'entendre tout ça… Je ne sais pas pourquoi, mais ça m'occupe l'esprit… Il paraît qu'elle a suivi un homme mais, tu le sais, elle n'est belle ni de visage ni de corps, et bientôt elle aura l'âge d'être grand-mère. Quel type l'emmènerait pour le plaisir de la dorloter ? Comme elle est forte et travailleuse, il l'a sûrement séduite pour l'exploiter. La dernière fois, elle est partie avec ce foutu charpentier et n'a fait que turbiner sur un chantier pour son compte, jusqu'à ce qu'il la chasse et qu'elle revienne avec un enfant de lui, sans un sou. La vie est bien énigmatique… Enfin bon, elle a eu une enfance difficile, et son existence

---

1. En Corée, il est fréquent de manger de la viande de chien, surtout en été, pour combattre la chaleur. Ce sont souvent des colporteurs qui parcourent les villages pour acheter les chiens chez des particuliers avant de les revendre à des restaurants.

n'a jamais été paisible jusqu'à présent… Ce n'est pas si grave… Tu n'as pas à t'en soucier… Est-ce que tes romans se vendent bien ?

Je ne lui ai pas répondu, je devinais les phrases qui tournoyaient encore dans sa bouche close : *Pourquoi je te parle de tout ça à toi, alors que tu es en pleine phase d'écriture, ça ne fait que te déstabiliser… Après tout, c'est son destin… Que sa vie et celle de ses enfants soient malheureuses, ça n'a plus rien à voir avec nous désormais. Ils ne sont même pas de notre sang… Tu dois te concentrer sur ton travail… oui, ton travail…* Voilà à peu près ce qu'elle voulait dire.

Ma mère, mise mal à l'aise parce qu'elle n'ignore pas mon état de préoccupation actuel, a fini par cesser ses propos décousus et raccrocher. Juste avant, je l'ai apostrophée comme si j'avais quelque chose à lui dire, mais c'était déjà trop tard. Qu'aurais-je voulu ajouter au dernier moment ? « Non maman, pas possible, elle a presque cinquante ans et elle a vraiment fait ça ? En laissant ses quatre enfants ? » Quelque chose dans ce genre ? Sûrement pas… Je sais que ma grande sœur Bongsun est tout à fait capable d'agir ainsi. Elle l'aurait fait même si elle avait près de soixante ans. Elle est comme ça, Bongsun. Au début, elle a fugué pour fuir son beau-père, puis elle a quitté la famille d'un diacre protestant qui l'exploitait ; après, elle est partie vivre avec un jeune employé de pressing, puis avec un charpentier itinérant et, cette fois, avec un colporteur de chiens. J'hésite à me saisir du téléphone. Je n'arrive pas à bouger, en proie à une curieuse sensation d'impuissance.

C'est à cause de mes prémonitions mystérieuses, et souvent effrayantes. Quand je revois tout à coup en rêve une amie d'université, dont je n'ai pas eu de nouvelles pendant plusieurs années, le lendemain j'apprends qu'elle s'est suicidée par empoisonnement ; et quand je rêve que je me promène sur notre ancien campus avec une amie mariée et installée aux Etats-Unis, peu après, immanquablement, je reçois un coup de fil d'elle, qui me fait très plaisir. Or, c'est à ma sœur Bongsun que j'ai pensé en emménageant dans ce nouveau logement, alors que j'ouvrais les yeux ce matin-là après une nuit écourtée par le rangement des cartons et que je me demandais pourquoi ce quartier était si calme.

Tout à coup, j'ai l'impression de devenir fataliste. Toute l'énergie de l'univers, la position des étoiles, le sens de rotation de la Terre, les planètes Mars, Mercure, Jupiter, Vénus et Saturne, agissent sur chaque individu qui vient au monde, de sorte que ce dernier ne peut se libérer de leurs pouvoirs tant qu'il ne renaît pas… Voilà la pensée qui me traverse l'esprit. Si cela est vrai, même si Bongsun s'est enfuie en abandonnant ses quatre enfants, non, même si elle est morte dans sa fuite, non, même si moi-même je mourais sur-le-champ, à quoi bon être triste ou se laisser hanter par le remords ? Tout ce que nous pouvons faire, c'est être surpris et navrés face à un destin tout tracé. Il suffit de murmurer *la vie est bien énigmatique.* Mais…

2

On me demande de temps en temps : « D'où êtes-vous originaire ? » et je réponds : « De Séoul. » Chaque fois que je réponds ainsi, je suis en proie au bizarre sentiment d'être une vagabonde depuis ma naissance. Je suis née en 1963, l'année où Park Chung-hee, après avoir réussi son coup d'Etat qu'il baptise « révolution », instaure la « Troisième République de Corée » ; l'année de manifestations étudiantes incessantes dans tout le pays ; l'année où les travailleurs des trois industries minières publiques, dont la compagnie de tungstène Daehan Jungsuk, font grève pour obtenir des augmentations de salaires ; l'année où John F. Kennedy est assassiné aux Etats-Unis, tandis que sur la rive du fleuve Han, on construit le Sheraton Grande Walkerhill, le plus grand *resort* de toute l'Asie, dans lequel nos aînées vont se mettre à danser devant les étrangers, en soulevant leurs jambes courtes et dodues. Je suis née l'hiver où le grand froid a fait geler la mer au large d'Incheon jusqu'à soixante-dix centimètres de profondeur, c'était la première fois en quatre-vingts ans depuis l'ouverture du port. Mais pendant que des printemps successifs cédaient la place à l'été, à Séoul de jolis pourpiers à grandes fleurs se sont épanouis et des vulpins ont poussé ; il suffisait de marcher un peu, et l'on se retrouvait devant des rizières exiguës où étaient piqués de jeunes plants de riz aussi fins que des cheveux ; il y avait également des petits ruisseaux avec des canards et quantité de sangsues. Nous pouvions regarder les voitures à cheval et leurs cochers passer tranquillement devant la gare de Moraenae, ainsi que les trams qui roulaient en faisant sonner leurs cloches près de Seodaemun, devenue aujourd'hui la station de métro Chungjeongno. Nous nous promenions sur les berges où des papillons voletaient au-dessus des fleurs de navet et nous allions nager à Nanjido[1] ;

1. Cette île qui dépasse à peine du fleuve Han est renommée pour ses champs fleuris. On l'appelait aussi l'île aux fleurs. Elle est devenue la montagne de déchets de la capitale pendant quinze ans, de 1978 à 1992, avant d'être réaménagée en parc.

nous apprenions à faire du patin à glace sur le ruisseau de Moraenae. Ah, comme elles étaient exotiques, ces pensées sauvages violettes qui ornaient le tour de la fontaine au rond-point de Sinchon !

Oui, c'est ça, mon pays natal est bien Séoul. Et dans un coin de ce Séoul où fleurissaient les jolis pourpiers à grandes fleurs, il y avait ma grande sœur Bongsun et moi.

3

Je revois dans ma tête le bidonville du quartier d'Ahyeon-dong, son image est plus claire que si on le voyait du ciel, elle est si nette que même en sortant maintenant de chez moi, je serais capable de m'y rendre sans me tromper d'une seule ruelle. La pente sinueuse qui s'étirait sans fin, les escaliers faits de pierres et de sacs de paille emplis de terre, la ruelle bordée de peupliers, les maisons aux toits bas collées les unes contre les autres, pareilles à des cages à lapins, notamment celle d'une grand-mère boiteuse qui, curieusement, élevait des poissons rouges dans son puits profond, les femmes qui allaient travailler au marché le matin avec leur musette de nylon violet, et un homme qui me semblait dix fois plus grand que moi, qui bavait tout le temps et dont j'ai oublié le nom…

Je suis née et j'ai grandi là-bas. Mon père, qui se préparait à l'époque à partir étudier aux Etats-Unis, s'était révélé incapable de subvenir aux besoins de sa famille, tandis que ma mère, qui avait connu une enfance insouciante, était devenue extrêmement irritable, exaspérée par cette misère. J'avais une sœur et un frère déjà écoliers, et ma grande sœur Bongsun. Maintenant que j'y pense, la première personne à avoir vu mon visage quand je suis venue au monde, c'est elle, Bongsun. C'est elle aussi qui a donné à ma mère la nouvelle décevante que le nouveau-né était malheureusement une fille, elle encore qui a sacrifié son sommeil pour bercer le nourrisson à la place de ma mère dont la santé avait été affaiblie par l'accouchement. Elle n'avait que douze ans.

4

Pour parvenir à l'entrée de la maison où je suis née, il fallait ouvrir le portail puis descendre une dizaine de marches en pierre tortueuses. A droite, il y avait une grande maison habitée par le propriétaire et à gauche, un peu en saillie, une vieille bicoque au toit de tôle abritant deux chambres. C'est là que vivait ma famille. Dans la cour du propriétaire poussait un grenadier dans un bidon en fer-blanc tout rouillé, et au pied de cet arbre nichait perpétuellement un chiot jaunâtre. Il arrivait là en automne puis en été se transformait infailliblement en nourriture pour la famille du propriétaire, qui le remplaçait chaque fois. Mes parents s'étaient installés dans cette maison bien avant ma naissance. Après le départ de mon père, ma mère y a vécu une période difficile, seule et chargée de famille.

La cour de notre maison était légèrement à l'écart de celle du propriétaire. Ma mère avait posé entre les deux cours des caisses de pommes comme pour en faire une frontière, les avait remplies de terre et y avait planté des tournesols. Quand j'y repense aujourd'hui, pourquoi avoir choisi des tournesols et pas des courges, des concombres, des piments ou des aubergines ? Surtout qu'elle se souvient de cette époque comme de celle, misérable, où elle atteignait souvent le fond de la jarre de riz. A l'automne, ma grande sœur Bongsun cueillait des graines de tournesol et nous les distribuait en guise d'en-cas entre deux repas. Mais ces graines étaient loin de combler notre manque de nourriture à tous. Malgré cela, ma mère plantait des tournesols chaque année et, quand ils fleurissaient, elle nous disait en contemplant les fleurs pareilles à des crinières jaune d'or : « Elles sont très jolies, vous ne trouvez pas ? »

Bref, une fois ma mère partie travailler au magasin familial du marché de Namdaemun, ma sœur et mon frère à l'école, et la famille du propriétaire s'étant absentée, il ne restait plus que Bongsun et moi dans cette cour. Au pied d'un mur à l'abri du soleil brûlant, ma grande sœur, assise sur une planche à laver aux coins arrondis par l'usure, me prenait sur ses genoux et teintait mes ongles de mains et de pieds, encore minuscules à l'époque, avec des fleurs de balsamine, activité que j'adorais. Mais il y avait une autre raison pour laquelle je ne voulais pas la quitter d'une semelle : Bongsun était une conteuse hors pair.

5

— Alors la gentille petite fille innocente part faire une course pour sa belle-mère. Elle ne se doute pas de ce que sa belle-mère mijote et lui obéit tout simplement. Vu que c'est loin, il fait déjà noir quand elle revient. Mais elle retient sa peur et court très vite jusque chez elle. Quand elle arrive au portail, elle appelle sa belle-mère : « Mère, je suis rentrée… »

Parvenue à ce passage, Bongsun m'écartait un peu d'elle et faisait trembler sa voix comme dans un film d'horreur. Je connaissais déjà toute l'histoire mais, invariablement en proie à la terreur, je ne voulais pas lâcher ma grande sœur. Cependant, consciente aussi que je ne pourrais écouter la suite si je persistais à me coller à elle, je finissais, au bout de quelques instants de vaine résistance, par céder un peu de terrain, mais je continuais à agripper un pan de sa jupe noire pour supporter mon épouvante. Me voir ainsi terrifiée la charmait complètement et c'est en s'efforçant de retenir son rire qu'elle reprenait :

— Que se passe-t-il alors ? Le portail s'ooouuuvre tout seul, alors qu'y a perrrsssonne. La petite fille entre chez elle. Oh mais, qu'est-ce qu'elle voit ? Sa maison, qui était là quand elle est partie, a disparu et y a qu'un terrain vide dans le noir… La petite fille est sûre qu'elle s'est trompée de maison et elle ressort. Mais le peuplier dans la ruelle devant et la maison à côté sont bien là, comme avant. *Suis-je en train de rêver ? Je suis ici chez moi…* La petite passe à nouveau le portail mais c'est toujours vide… Pendant qu'elle regarde autour d'elle, quelqu'un l'appelle par son nom… Au moment où elle se retourne, le portail se referme tout seul dans un graaand bruit et se bloque. Elle le secoue et essaie de détacher la bâcle, rien à faire. Maintenant elle est enfermée, sans pouvoir ressortir, et elle entend la voix de sa belle-mère, toujours invisible : *L'eeeaaauuu booouuut… Dépêche-toi de faire cuire l'enfant !*

A ce stade, j'étais tellement paniquée que je serrais de toutes mes forces la jupe de ma grande sœur. Se levant alors d'un bond, pareille à un ressort, elle me repoussait et déclarait d'une voix encore plus retentissante :

— *L'eeeaaauuu booouuut... Dépêche-toi de faire cuire Jjang-a*[1] *!*

J'essayais de me persuader que ce n'était qu'un jeu mais lorsque je levais les yeux, éperdue, Bongsun avait disparu. Le soleil frappait de ses rayons éblouissants le mince sol de ciment de la cour ; les tournesols pareils à des crinières dorées se dilataient dans la lumière. Alors le toit délabré en tôle grise et le paysage miteux de ma maison s'effaçaient complètement, et je me retrouvais seule, telle la jeune héroïne de l'histoire, dans ce lieu vide où se déchaînaient les rayons éblouissants du soleil. Cet effroi m'a poursuivie, en ne cessant de grandir, jusqu'à ce que je prenne mon indépendance, un peu après vingt ans. Chaque fois que je rentrais de l'école, que j'appuyais sur la sonnette et attendais quelques secondes, le temps qu'un membre de ma famille vienne ouvrir, j'étais saisie par l'angoisse. J'avais des hallucinations : la porte s'ouvrait toute seule ; j'entrais dans la maison mais toute ma famille avait disparu ; il ne restait qu'un espace vide où se fracassait la lumière blanche du soleil... Totalement ignorante de cette étrange peur qui allait me hanter longtemps après, ma grande sœur recommençait ce jeu à mon intention, moi que la frayeur avait fait pâlir.

— *Faisons cuiiire Jjang-a... L'eeeaaauuu booouuut...*

Alors, n'en pouvant plus, je me précipitais dans l'arrière-cour, me cachais tant bien que mal derrière

---

1. Surnom que sa famille a donné à l'auteur à partir de son prénom Ji-young.

un grand balai de lespedeza beaucoup plus haut que moi puis revenais agripper la jupe de ma grande sœur qui me regardait du coin de l'œil d'un air rieur ; je me cramponnais à elle, déterminée à ne plus la lâcher, et j'éclatais en sanglots. Aussitôt ma grande sœur me soulevait et me faisait astucieusement pivoter pour me poser sur son dos ; ce court instant où elle me faisait disparaître de sa vue me procurait une sensation encore plus forte que ses histoires terrifiantes. Le visage contre son dos large et tiède, je la menaçais :

— Si tu me fais ça encore une fois, je vais dire à maman que tu m'as laissée me noyer dans le bain public.

Mais le rire de Bongsun, répandu dans tout le haut de son corps jusqu'à faire frémir mon torse, avait déjà apaisé ma colère. Puis ma grande sœur me redressait derrière elle et nous sortions nous promener dans le quartier. La menace que je proférais à son encontre, bien que mon cœur soit déjà réchauffé par sa chaleur et que je ne lui en veuille plus, était liée à l'épisode suivant :

Depuis qu'un bain public avait ouvert ses portes en bas de la pente de notre quartier et un peu avant l'école primaire d'Ahyeon, ma mère nous envoyait là-bas une fois par semaine, et c'était toujours Bongsun qui m'y emmenait. Nous emportions avec nous une jolie bassine en plastique rouge et bleu toute neuve qui contenait un savon et des serviettes. Pendant que ma grande sœur lavait ses longs cheveux, usant du savon avec parcimonie, je m'amusais à faire flotter le couvercle de la boîte à savon sur l'eau de la bassine pleine. Un jour, pour une raison obscure, elle me fit asseoir sur la marche intérieure du grand bassin et disparut je ne sais où. A un moment, peut-être à cause du courant, je me mis à sombrer.

Je me souviens encore aujourd'hui avec clarté de la sensation éprouvée alors : je coulais très lentement, avec douceur et calme, tel un embryon nageant dans le liquide amniotique. Si on m'avait laissée comme ça plus longtemps, peut-être des nageoires douillettes auraient-elles poussé sur mes membres et, sur mon cou, une jolie branchie rouge, pareille à un peigne fin. Hélas, je sentis aussitôt de puissantes mains féminines m'empoigner et c'est seulement à cet instant que je paniquai. Des femmes nues et échevelées étaient assemblées autour de moi, en proie à une grande agitation ; quant à la grande sœur Bongsun, les cheveux encore hirsutes et pleins de mousse, elle me serrait dans ses bras à m'en faire mal. Aussitôt après, quelqu'un versa de l'eau froide sur ma tête et je sursautai avant de brailler.

Ma grande sœur sanglotait aussi tout en frottant son visage contre le mien, ses petits seins tout juste éclos étaient encore couverts de bulles de savon. Ses cheveux continuaient à déverser des gouttes savonneuses sur mon visage et ça me piquait les yeux. Je la repoussai donc violemment. Convaincue que je lui en voulais, bouleversée, elle me serra encore plus fort contre sa poitrine toute glissante.

— Ça va, Jjang-a ? Qu'est-ce que je vais faire… Mon Dieu, je suis une folle… C'est ma faute, pardonne-moi, Jjang-a…

6

Si ce soir-là, j'ai omis de raconter cette histoire à toute ma famille réunie pour dîner autour de la grande table basse circulaire, ce n'est pas parce que j'éprouvais une mansuétude qui aurait été étonnante pour mon âge, comme Bongsun l'imaginait ; c'est tout simplement parce que ma mère, après avoir distribué des bols de riz à chacun, y compris Bongsun, m'a mise sur son dos en déclarant qu'elle n'avait pas faim et que je me suis endormie aussitôt, sans doute très fatiguée par l'épisode de la noyade, en oubliant même de réclamer à manger. Lorsque je me suis réveillée, nous étions arrivées devant la station Gajwa. Il faisait déjà nuit. J'ai distingué vaguement des cochers conduisant leurs chevaux pour rentrer chez eux. Nous les avons dépassés tellement ils étaient lents, et nous avons continué de marcher. Au son des cloches suspendues au cou des bêtes, j'ai tourné la tête ; la figure des chevaux était aussi douce et tranquille que celle des maîtres à qui ils obéissaient. Dans mes souvenirs d'enfance, étrangement, l'expression des cochers ressemble toujours à celle de leurs chevaux.

J'ai enfoui mon visage dans le dos de ma mère et glissé mes mains sous ses aisselles. Lorsque je me suis réveillée de nouveau, nous nous trouvions chez ma tante du quartier Moraenae. J'ai aperçu son visage et celui de ma mère qui finissait tout juste de manger.

— Allez, Jjang-a, mange, toi aussi.

Ma tante a déposé une cuillère dans ma main et s'est remise à son travail de couture, une chaussette de son mari qu'elle avait enfilée sur une ampoule pour la repriser.

— Ainsi cette écervelée de Bongsun a même englouti ta part de riz ? Elle ne savait pas que la marmite était vide ?

— Que veux-tu que je fasse ? A son âge elle a tellement d'appétit qu'elle a fait semblant de ne pas l'avoir remarqué. La famille chez qui elle était avant l'a fait tant souffrir de la faim qu'elle vénère le riz comme un dieu. Quand elle laisse tomber ne serait-ce qu'un grain de riz en le distribuant dans les bols, elle me jette un regard vraiment désolé. Je lui ai dit que ça n'avait pas d'importance mais c'est plus fort qu'elle. J'ai connu cette petite quand elle avait sept ans, je l'héberge chez moi depuis qu'elle en a neuf, elle est donc un peu comme ma fille.

C'était la première fois que j'apprenais tout ça. Bongsun m'avait déjà raconté qu'elle avait assisté à ma naissance, elle était entrée dans la chambre de ma mère à la demande de la sage-femme et elle avait vu le visage aussi rouge qu'une pomme du nouveau-né, c'était moi. A mon grand regret, elle n'avait pas utilisé une seule fois des mots comme « jolie » ou « mignonne » en décrivant ma naissance, elle se contentait de dire que j'étais aussi rouge qu'une pomme. Lorsque ma mère s'était effondrée à cause d'une crampe d'estomac trois jours après m'avoir mise au monde, c'était aussi elle qui avait couru la distance de cinq stations de bus pour aller chercher le docteur. Je commençais enfin à comprendre que même avant mon existence il y avait eu des gens qui s'enfuyaient, tombaient malades ou avaient faim.

— C'est incroyable ! Comment la famille d'un diacre vivant dans l'abondance a-t-elle pu l'affamer ainsi ? Dire que les gens riches sont encore plus avares que les autres. Quand vous étiez leurs locataires à

Naengcheon-dong, comme ils étaient durs avec vous, tu te souviens ?

— C'est vrai. Ceux qui ont de la fortune sont les plus égoïstes et les plus méchants. A la moindre désobéissance de cette petite Bongsun, ils la privaient de nourriture. Quand la femme du diacre faisait cuire du riz dans la marmite, elle mettait toujours une couche d'orge au-dessus, c'était pour Bongsun. Et elle la battait tellement que quand je l'ai déshabillée pour la première fois, son corps était cerclé de traces de coups, on aurait dit une peau de serpent. Et des poux, il y en avait une tonne. Elle était maigre à faire pitié. J'en avais le cœur serré… Quand nous étions en location chez cette famille, je lui donnais de temps en temps des restes de nourriture ou la croûte du riz, pauvre petite ! C'est pourquoi elle nous a suivis quand nous avons déménagé à Ahyeon-dong. Elle s'est enfuie de chez son maître et je l'ai retrouvée avec stupéfaction devant notre nouveau logement.

— Oui, c'est vrai, à l'époque ce diacre est venu jusque chez toi à Ahyeon-dong pour la récupérer.

— Tout à fait, il est arrivé chez moi et a fouillé partout. Heureusement que j'avais deviné qu'il allait venir et que j'avais provisoirement confié Bongsun à nos parents à Jungrim-dong.

— Ça, je m'en souviens aussi. A cette époque j'étais allée voir nos parents et j'avais découvert cette petite complètement décharnée et très craintive. J'ai essayé de la consoler en lui disant que tout allait bien désormais, qu'elle n'avait plus d'inquiétude à avoir, mais elle ne voulait pas sortir de ce réduit, tu te rappelles, celui où on conservait les sacs de riz…

— Ces gens qui prétendent avoir la foi ont sorti cette enfant de l'orphelinat et lui en ont fait voir de toutes les couleurs... Quelle honte!

— Comment des soi-disant croyants peuvent-ils se comporter ainsi? Mais maintenant que j'y réfléchis, cette petite Bongsun était vraiment intrépide. A l'époque elle avait à peine neuf ou dix ans, n'est-ce pas? Comment a-t-elle eu l'audace de fuir cette maison pour te suivre... Votre famille avait déjà du mal à survivre...

— La chaleur humaine devait lui manquer.

— Remarque, tu m'as dit qu'elle avait déjà fui sa propre famille avant. Elle avait quel âge?

— Elle devait avoir cinq, six ans. Son beau-père la frappait souvent. Il paraît qu'elle a même pensé à envelopper ses sous-vêtements dans un carré de tissu mauve avant de fuguer. C'est vraiment trop drôle. J'ai dit *sous-vêtements* mais j'imagine que ses culottes et ses débardeurs devaient être en lambeaux tellement ils étaient usés...

Ma mère et ma tante ont gloussé comme des jeunes filles. Quant à moi, je me contentais d'écouter leur conversation tout en mangeant. A chaque feuille de sésame marinée que je déposais sur le riz blanc de ma cuillère, j'essayais de me rappeler le visage de Bongsun. Petite, elle avait contracté la varicelle, sa peau était légèrement grêlée, elle avait les paupières lourdes, un nez épaté et la lèvre inférieure plus saillante que la supérieure. Ses cheveux ternes et trop longs pendaient presque jusqu'à ses fesses. Je ne distinguais en elle vraiment aucun signe de la témérité d'une fugitive.

— Par la suite, sa mère l'a confiée à la famille de son frère aîné, a continué ma mère d'un ton calme, tout en ramassant à la cuillère les grains tombés au fond du bouillon de riz avant de les porter à ma bouche, parce qu'elle a eu un fils avec son nouveau mari. Le frère aîné était marié, la grand-mère vivait alors avec eux et ils avaient du mal à joindre les deux bouts, ce qui explique qu'ils ne l'aient pas accueillie à bras ouverts, loin de là. Ainsi, sa tante l'a emmenée au jardin Changkyeongwon, soi-disant pour admirer les fleurs de cerisier, et elle a lâché sa main au milieu de la foule avant de repartir seule.

— Il paraît que beaucoup de parents abandonnent leurs enfants à l'occasion de cette satanée fête des fleurs de Changkyeongwon. Dans quel monde vit-on ?

— Une fois, j'ai emmené les enfants au jardin Changkyeongwon et quelque chose m'a beaucoup étonnée, tu sais. Bongsun serrait ma main très fort, comme si elle voulait ne plus jamais la lâcher. On aurait dit une gamine de cinq ans. Ça m'a beaucoup surprise. J'ai essayé de la réconforter en lui disant que moi je ne l'abandonnerais jamais. Elle m'a répondu d'une petite voix : « Je sais » mais j'ai vu son visage pâle de frayeur et ses yeux remplis de larmes… Ça ne servait à rien de lui expliquer. Cette fillette si gentille avait le visage tout blanc et j'avais beau lui dire que tout irait bien, que je ne la laisserais jamais toute seule, elle ne m'écoutait pas et continuait de se cramponner à ma jupe. Ce jour-là, j'ai vraiment eu du mal à m'occuper des quatre enfants, si bien que je n'ai même pas vu si les fleurs de cerisier étaient blanches ou roses… Je croyais qu'elle était d'un naturel placide, facile à vivre et peu sensible, mais cet horrible souvenir obsédait encore visiblement cette pauvre petite.

— C'est pas possible… Je comprends ce qu'elle a pu ressentir. Cette tante était vraiment une femme sans cœur. Bongsun était tout de même sa nièce. Il est vrai que c'était une tante par alliance mais quand même, comment a-t-elle pu agir ainsi ?

— Je suis de ton avis. Après ça, elle a été confiée à un orphelinat, mais comme elle était forte et travailleuse, le directeur de l'établissement ou je ne sais qui a décidé de l'envoyer dans la famille de ce diacre. Il leur a dit qu'ils n'avaient qu'à la loger et la nourrir en contrepartie de son travail.

— Mais là-bas, elle ne mangeait pas à sa faim, même de l'orge, et elle recevait des coups tout le temps.

Ma tante, occupée à repriser la chaussette, a émis un claquement de langue. Vu sa façon d'approuver tout ce que racontait ma mère, elle n'entendait pas cette histoire pour la première fois, et malgré cela les deux sœurs ne semblaient pas se lasser d'en parler.

— Dans ce monde où on vit, seuls les démunis peuvent comprendre ce que ressentent leurs semblables. Plus les gens ont de l'argent, moins ils sont charitables.

7

Nous avons pris le chemin du retour. Il faisait noir et il nous restait un long trajet à parcourir. Ma tante habitait à l'extrémité du quartier Moraenae, la partie nouvellement aménagée. En dix minutes à pied, on était sur la berge du ruisseau de Moraenae. Nous l'avons longé puis avons marché jusqu'au terminus à l'entrée du marché pour prendre le bus. La berge était un trait à l'horizon sous le ciel sombre.

Chaque hiver, ma sœur et mon frère allaient faire du patin à glace sur ce ruisseau. Bongsun et moi les suivions parfois et nous restions sur la berge à les regarder s'amuser ; une gargote abritée du vent glacial grâce à des sacs de paille de riz vendait des *eomuk*, des bâtonnets de pâte de poisson, dans leur bouillon jaune et chaud.

Ce paysage qui m'était familier le jour m'a paru très étrange à la nuit tombée. Sans doute à cause de la pluie récente, mes pieds s'enfonçaient dans la boue et je sentais la terre mouillée à travers mes chaussures en plastique aux motifs fleuris. Peut-être était-ce au début de l'été ? Des grenouilles coassaient dans les rizières déployées en une immense plaine.

— Maman, est-ce que Bongsun n'est pas de notre famille ? ai-je demandé en tâchant de ne pas me laisser distancer, entraînée par ma mère qui se hâtait à cause de la nuit.

— Si, elle fait partie de notre famille.

— Dans ce cas, elle s'est enfuie d'où et vers où ?

Ma mère, vêtue d'un vieux *hanbok* en velours couleur aubergine qu'elle avait choisi avec soin parce qu'elle rendait visite à sa sœur, m'a fait un petit sourire et a dit :

— Ça n'a pas d'importance, Bongsun est de notre famille. Regarde ces étoiles, Jjang-a, elles sont très belles, n'est-ce pas ?

J'ai aussitôt oublié l'histoire de Bongsun et comme ma mère j'ai contemplé le ciel. Une myriade d'étoiles brillaient. Elles étaient rondes et blanches comme les grains de maïs soufflés encore chauds que le marchand de sucre d'orge offrait de temps en temps aux enfants quand il passait dans le quartier en faisant cliqueter ses gros ciseaux. J'ai vu aussi la lumière des lampes pareilles à des petits points venant des baraquements construits illégalement au pied d'une colline au loin. A un moment je me suis rendu compte que ma mère fredonnait une chanson : *Il était une fois la colline couverte d'herbe dorée, là où j'ai joué avec Maggie...* Ma mère avait été institutrice avant d'épouser mon père ; elle l'avait rencontré devant chez elle alors qu'elle avait à peine treize ans. Ils s'étaient fréquentés pendant huit ans avant de se marier. Pour choisir le prénom de mon frère, il avait fallu respecter la coutume traditionnelle de la famille, c'est-à-dire prendre la première syllabe commune de toutes les générations, mais pour les prénoms de ma sœur et moi, ma mère s'est inspirée de ceux d'héroïnes de romans. Ma mère était une jeune fille amoureuse de la littérature, qui empruntait systématiquement toutes les nouveautés proposées par la bibliothèque de prêt de son quartier.

8

Peu après il y a eu un changement brusque dans ma famille. Mon père, qui était parti étudier aux Etats-Unis, est enfin revenu. Mon premier souvenir le concernant est lié à l'agitation de toute la maisonnée. Mes tantes paternelles sont venues chez nous avec de la viande de porc enveloppée dans des journaux ; le couvercle de la marmite était posé à l'envers au-dessus du feu de briquettes de charbon et on y faisait cuire sur du gras du porc des *nokdujeon*, des petites galettes à base de farine de lentille verte, ce qui répandait une odeur de gras dans toute la maison ; le chien jaune du propriétaire – qui finirait, comme ses congénères précédents, par être mangé – hurlait comme un dément, très affamé. Ma sœur Bongsun, me portant sur son dos, s'affairait à aller acheter les oignons et le tofu réclamés sans cesse par ma mère et mes tantes.

L'agitation de la journée a pris fin et on a allumé la faible ampoule que ma mère utilisait seulement pour les occasions exceptionnelles, mais mon père ne se montrait toujours pas. Pendant que ma mère et mes tantes faisaient les cent pas dans la ruelle devant la maison et que l'impatience de l'attente régnait dans notre petite cour, Bongsun, toujours avec moi sur son dos, est entrée dans la cuisine du propriétaire. Là, la bonne de la maison, une jeune fille dénommée Jeong-ja, venait de soulever la petite table garnie de plats pour l'amener à son maître et sa femme dans la salle de séjour. Ma grande sœur lui a tendu une petite galette dont je ne savais quand elle l'avait subtilisée et lui a dit dans son dos :

— Je vais m'occuper du *sungnung*… Toi, prends ton temps pour manger.

D'habitude, ces deux filles n'étaient pas aussi proches. D'après Bongsun, Jeong-ja la méprisait car elle était la bonne du propriétaire et donc un cran au-dessus de Bongsun qui était seulement la bonne des locataires. Mais le visage de Jeong-ja venant de recevoir la petite galette s'est radouci, elle l'a enfournée aussitôt dans sa bouche et, tout en mâchonnant :

— Le père de Jjang-a est rentré des Etats-Unis ?

— Tout à fait.

— Ta famille aussi va devenir riche alors ?

— Evidemment.

Bongsun s'est montrée inhabituellement triomphante tandis que la bonne du propriétaire, devenue soudain plus conciliante, entrait dans le séjour avec la table basse. Ma grande sœur est allée puiser de l'eau avec une calebasse dans la cour, l'a versée dans la marmite et en a gratté la croûte de riz au fond avec une spatule en bois pour faire le *sungnung*. Jusque-là c'étaient des gestes routiniers mais soudain j'ai ressenti une étrange tension et j'ai flairé la sueur froide de son dos où mon visage était resté enfoui.

Profitant de l'absence de la bonne, Bongsun s'est emparée de quelque chose dans un coin de la cuisine puis s'est dirigée précipitamment vers chez nous. La sueur glacée dans son dos s'est réchauffée et elle a jeté des coups d'œil furtifs vers la cuisine du propriétaire avant de gagner le réduit que nous occupions toutes deux à l'époque. Elle m'a fait descendre puis elle a ouvert la main avec un grand sourire en découvrant toutes ses gencives. Dans sa paume remuaient des petites créatures noires et scintillantes qui, aussitôt libérées, ont disparu précipitamment.

L'étrange couleur reflétée par ces êtres vivants se superposant à l'éclat brillant du regard de ma sœur m'a procuré une curieuse excitation. Elle a jeté de nouveau un coup d'œil furtif par la porte et posé un doigt sur ses lèvres pour m'inviter au silence. Comme mes sourcils se fronçaient de curiosité, elle a chuchoté à mon oreille :

— Ce sont des bestioles qui rapportent de l'argent. Quand elles grouillent dans une maison, c'est signe de fortune... Tu sais, Jeong-ja a très peur que je les vole et elle les surveille tout le temps...

Sur ce, elle a gloussé en découvrant à nouveau ses gencives. Puis elle m'a soulevée brusquement, moi qui étais tout ébahie de voir ces bestioles, et a repris :

— Maintenant nous allons devenir riches, tu comprends ? Ton père est rentré des Etats-Unis et nous allons devenir riches. Mais dis pas à ta maman que c'est moi qui ai volé ces bestioles... Faut garder le secret pour que ça marche.

Je ne cessais de fixer la fente du mur recouvert de vieux journaux en guise de papier peint par laquelle les insectes noirs et scintillants avaient disparu. Ce n'était rien d'autre que des cafards, qu'aujourd'hui on tente d'éradiquer en utilisant toutes sortes de traitements chimiques alors qu'à l'époque ils m'ont émerveillée. Je me moquais bien que ces bestioles rapportent de l'argent. Si être riche signifiait devenir comme notre propriétaire qui élevait un chien pour le manger, ça ne m'intéressait pas. Même le chiot aux yeux clairs dont j'avais un jour caressé la fourrure jaune aussi douce que du duvet avait fini en repas.

Depuis, je n'acceptais plus les bonbons que le vieux propriétaire me tendait parfois en me tapotant la tête, car j'avais l'impression que ces bonbons portaient l'odeur du chien. Malgré mon jeune âge, je pensais à ces chiots qui, lors de l'un des trois jours de grande canicule de l'année, mouraient en hurlant de douleur dans la cour où ils avaient vécu. Comment peut-on manger un chiot qu'on a élevé soi-même ? Je ne comprenais pas. Pendant que je m'indignais intérieurement, ma sœur Bongsun prenait les bonbons du vieil homme à ma place, faisant mine d'en mettre un dans ma bouche avant de l'enfourner discrètement dans la sienne. Lorsque ça arrivait, je la harcelais de caprices toute la journée. Même si elle avait réellement eu l'intention de mettre un bonbon dans ma bouche, je lui aurais fait la tête. Je lui en voulais de les manger toute seule. Ces friandises avaient beau sentir le chien, c'étaient tout de même des bonbons.

Toujours est-il que mon père est revenu ce soir-là. Bongsun a sorti une photo qu'il nous avait envoyée des Etats-Unis. Vêtu d'un pantalon large comme un sac et arborant une cravate étroite, à la mode à l'époque, il se tenait devant une longue voiture ; il avait enlevé sa veste et l'avait posée sur son épaule. Bongsun m'a dit qu'à présent qu'il était de retour, nous allions bientôt avoir ce genre de voiture. Mais mon père, enfin rentré à la maison, semblait épuisé. Il portait un imperméable bleu clair délavé et ses mains étaient chargées de lourds bagages. En plus, dans ces valises que ma mère, mes tantes, mon frère et ma sœur regardaient avec des yeux brillants, ne se trouvaient que des tas de livres écrits dans des langues que je ne comprenais pas. Les yeux de mes tantes et de ma mère trahissaient clairement la déception. Mon père leur a distribué des petits cadeaux et m'a tendu une poupée chauve aux yeux bleus.

Cette poupée m'a fort déplu mais je l'ai prise quand même. Comme ma sœur et mon frère s'emparaient tout le temps des plus belles choses, je me suis dit que la meilleure solution était d'abord de la prendre, quitte à la jeter plus tard. Mon père leur a tendu également des petits cadeaux. Ils l'ont salué tous deux poliment en disant « merci, père ». Contrairement à moi, ils ne semblaient pas gênés de l'appeler ainsi.

C'est alors que notre père a eu l'air de se dire « Oups, je n'ai pas pensé à Bongsun » et il s'est montré un instant embarrassé avant de faire comme si de rien n'était. Bongsun en avait les larmes aux yeux, mais quand il a refermé la valise d'un geste sec, elle a affiché un air de résignation comme à son habitude et s'est contentée de tripoter la poupée que je tenais à la main sans dire un mot.

— Voilà, c'est pour Bongsun.

Ma mère, comprenant le chagrin de Bongsun devant l'attitude de notre père, a prononcé ces mots en lui tendant un mouchoir rouge qui faisait partie de ses cadeaux ; Bongsun, qui savait que ce n'était pas pour elle à l'origine, a malgré tout eu un large sourire de contentement.

— Dis-lui « merci, père ».

Quelqu'un m'a reprise mais j'ai secoué la tête. Ma mère me l'a redemandé :

— Allez, appelle-le « père »...

Je n'y arrivais pas. Pourquoi cet homme serait-il mon père ? Il n'avait pas partagé ma vie comme ma grande sœur Bongsun ni préparé du riz pour nous comme ma mère le faisait... Il était apparu de nulle part et il prétendait être mon père. C'était impossible pour moi de le considérer comme un père. Mais les grandes personnes n'arrêtaient pas de me presser de le saluer et, du coup, je me suis mise à pleurer en me cramponnant de toutes mes forces au cou de Bongsun, comme si j'avais peur qu'on m'arrache à elle.

— Je veux mon père à moi ! Le père de Jjang-a... Pas le père de ma sœur et de mon frère !

Les adultes ont éclaté de rire, mais j'ai continué à refuser que mon père m'approche. Ce soir-là, en proie à un inexplicable sentiment de trahison, je n'ai pas voulu quitter le dos de ma grande sœur.

Les jours où ma mère s'absentait, ma sœur et mon frère nous faisaient des mauvais coups à moi et à Bongsun. Mon frère allait jusqu'à me tabasser en m'accusant d'avoir gribouillé dans son cahier (je n'avais pourtant fait que m'entraîner à écrire). Ma sœur aussi m'a reproché une fois d'avoir abîmé le cou de sa poupée de papier et elle ne voulait plus me montrer ses poupées. Bongsun m'a défendue en disant que ce n'était pas moi qui avais fait ça, mais ma sœur lui a décoché un regard mauvais avant de lui lancer à la figure :

— De quoi tu te mêles, tu n'es qu'une bonne.

Bongsun, ma sœur Bongsun qui était plus forte et plus grande qu'elle, n'a pas dit un mot. Lorsque je l'ai rejointe dans la cuisine, elle était assise sur le plan de travail cimenté à côté des marmites, l'air égaré.

— Tu n'es qu'une bonne, grande sœur… ?

J'avais trouvé amusant de la voir vaincue par cette seule phrase de ma sœur, aussi l'ai-je répétée. Bongsun, qui restait accroupie, a affiché un instant un air stupéfait avant de laisser échapper un rire. Voilà comment elle était. Oui, la grande sœur Bongsun que je connaissais n'était pas du genre à s'apitoyer longtemps sur son sort.

Le jour du retour de mon père, Bongsun a été contrainte de manger debout, par manque de place, mais malgré cela elle n'a cessé de passer sa main pardessus son épaule pour mettre dans ma bouche une petite galette ou un morceau de viande de porc enveloppé dans une feuille de *kimchi* rincée. Moi qui étais sur son dos, je gobais tout ce qu'elle me donnait et je me suis endormie. Je croyais que mon père allait me défendre contre ma sœur et mon frère qui ne cessaient de se moquer de moi, mais cet espoir s'était envolé à son arrivée, et il ne me restait que ma grande sœur Bongsun. Elle seule me consolait quand je pleurais, elle seule arrangeait mon oreiller quand je me couchais ; elle a été mon premier lien avec le monde.

9

Mon père avait beau être de retour et les petites bestioles noires ramenées par Bongsun de chez le voisin avaient beau avoir disparu dans la fente de notre vieille porte, ma famille n'est pas devenue riche pour autant. Il semblait qu'aucune entreprise n'était prête à embaucher mon père.

Chaque matin, vêtu d'un costume impeccable, il quittait la maison avec sa vieille serviette dans laquelle il avait rangé soigneusement des dossiers rapportés des Etats-Unis, et le soir il rentrait à la maison complètement ivre. Alors éclatait systématiquement une dispute entre mes parents.

— J'ai la gorge serrée par l'angoisse, je suffoque, c'est pourquoi je bois ! a crié enfin mon père, poussé à bout de nerfs après une altercation avec ma mère. Son cri de colère a traversé le papier jauni de la porte de leur chambre et est parvenu jusqu'à la nôtre.

— Tu crois que moi je me sens tranquille ? Arrête un peu de boire, s'il te plaît. Tu as voulu étudier aux Etats-Unis, maintenant il faut que tu trouves un boulot !

— Il n'y a aucun poste pour moi, qu'est-ce que je peux y faire ? Tu veux que je travaille comme professeur d'université, avec un salaire qui ne suffit même pas à acheter un sac de riz alors qu'il faut trimer jour et nuit ? Ce n'est pas pour ça que je suis allé aux Etats-Unis étudier dur, je te signale !

— Etudier aux Etats-Unis, est-ce que c'est si formidable que ça ? Il faut penser à la survie immédiate avec les enfants. Moi aussi j'ai grandi dans le confort, même pendant l'occupation japonaise. Tu crois que je suis allée travailler au marché parce que j'en avais envie ? Pourquoi toi tu ne pourrais pas prendre n'importe quel boulot ? Ça vaut mieux que de mourir de faim en restant les bras croisés, non ? Tu as mené une vie de luxe aux Etats-Unis pendant trois ans, mais moi, qu'est-ce que je suis devenue ?

— Une vie de luxe ? Tu crois vraiment que je faisais tout le temps la fête comme dans les films ? J'ai vécu dans une chambre au sous-sol, sans fenêtre, avec un matelas pour tout mobilier, uniquement pour économiser au maximum l'argent que tu m'envoyais !

Ma mère hurlait comme pour lui faire payer la misère qu'elle avait endurée avec tant de mal tandis que mon père, fou de rage, balançait dehors le bol d'eau posé à son chevet. Le récipient en laiton dégringolait sur le sol en terre battue devant le *taetmaru*[1] et vibrait un moment. Son écho se répandait longtemps et c'est ainsi que la querelle de mes parents prenait fin.

— C'est pas grave, Jjang-a, ça va aller… me consolait chaque fois Bongsun en me prenant dans ses bras, moi qui m'étais réveillée et braillais en tremblant de peur.

Comme je ne cessais de pleurer, elle me portait sur son dos et faisait les cent pas dans cette petite pièce au plafond bas.

— Il y a longtemps vivait un vieux marchand de peaux de lapins. Ce grand-père était aussi grand que le poteau électrique qu'on voit au bord de la rue et chaque fois que la nuit tombait, il ouvrait ses grands yeux aussi gros que des bols et regardait les fenêtres de chaque maison en murmurant : « Qui ne dort pas encore ? Qui pleure si tard dans la nuit ? » Et quand il trouvait un enfant qui ne dormait pas encore, il le prenait par le cou avec son énooorme pince avant de le jeter dans sa gibecière aussi grande qu'une maison. Tu vois, alors pleure pas…

En temps normal, j'aurais été terrifiée par cette histoire mais, comparée aux bruits de dispute

1. Le *taetmaru* désigne la plate-forme bordant les façades des maisons traditionnelles.

provenant de la chambre de mes parents, elle me faisait moins peur. En ces jours d'enfance où j'entendais les querelles de mes parents, il me semblait que je n'avais personne en qui avoir confiance en ce monde.

— C'est pas grave, Jjang-a, tu verras, nous allons forcément devenir riches, m'a consolée Bongsun ce soir-là. Alors, notre famille sera propriétaire d'une maison, et ta maman et ton père ne se disputeront plus comme ça. En plus madame m'a dit qu'elle allait m'envoyer moi aussi à l'école, pas l'école officielle où vont ta sœur et ton frère mais celle où on apprend à lire et à écrire et à faire des vêtements.

Peu après, la porte de la chambre de mes parents s'est ouverte brutalement et j'ai entendu mon père enfiler ses chaussures, ses pas s'éloigner et ma mère sangloter pendant longtemps.

Les pleurs de ma mère m'angoissaient tellement que je me suis réveillée en sursaut et j'ai braillé de nouveau alors que j'étais à deux doigts de m'endormir sur le dos douillet de Bongsun.

— Qu'est-ce qu'elle a cette fille aujourd'hui, pourquoi tu dors pas, hein ?

Bongsun m'a raconté plusieurs fois l'histoire du vieux marchand de peaux de lapins puis, ne sachant sans doute plus quoi faire pour me consoler, elle a quitté doucement la maison en me portant sur son dos. Elle a longé le haut mur de soutènement de granit, guidée par la lumière des réverbères installés ici et là, et m'a emmenée dans la grand-rue que les gens appelaient le boulevard public, en direction de Mallidong. La rue était éclairée. Le magasin qui vendait des bonbons de toutes les couleurs dans un grand bocal en verre transparent était encore ouvert. Dans « La Maison de Mokpo », un bar ressemblant à l'intérieur d'une grotte, plusieurs hommes buvaient en bavardant. Dans une échoppe de nouilles, de longs spaghettis blancs accrochés sur une corde comme des linges étaient en train de sécher en vibrant légèrement dans la brise du soir. C'était une nuit de printemps.

10

— Tiens, Bongsun, c'est toi ?

C'était mon père, il était en train de boire du *soju* debout devant un stand de nourriture improvisé à partir d'une charrette à bras. Il n'y avait même pas de chaises. Exposés sur l'étal, des morceaux de concombres et d'ananas de mer enfilés sur des épingles à la place de fourchettes luisaient étrangement sous la lumière de la lampe à carbure.

— M'sieur, vous buvez encore ?

— Oui. Mais qu'est-ce que vous faites dehors toutes les deux au lieu de dormir ?

Mon père m'a jeté un regard. J'ai enfoui aussitôt mon visage dans le dos de Bongsun. Il m'a tendu un morceau de concombre de mer piqué sur une épingle.

— Jjang-a, ma grande, est-ce que tu sais manger ça ?

J'ai secoué la tête et du coup, gêné de retirer sa main, il a tendu le morceau à Bongsun.

— Tu veux goûter, Bongsun ?

Une main soutenant mes fesses, elle a saisi de l'autre ce concombre de mer noir et luisant, comme enduit d'huile, et l'a englouti.

— Manges-en plus, tu es en pleine croissance…

Bongsun, le visage un peu rougissant, a gobé goulûment tout ce que mon père lui donnait, que ce soit des morceaux de concombre ou d'ananas de mer, alors qu'il se contentait de regarder distraitement la lumière de la lampe à carbure, l'air égaré. A voir sa silhouette mince et élégante sous cette lumière, j'ai pensé pour la première fois qu'il était plus beau que le célèbre acteur Shin Seong-il. Et j'ai regretté un peu de m'être comportée si froidement avec lui. Maintenant que j'y pense, mon père avait alors un peu plus de trente ans, il était déjà père de trois enfants, mari et chef d'une famille de six membres, Bongsun comprise ; son père, mon grand-père, avait été ruiné parce qu'il s'était porté garant auprès de la banque pour une mauvaise personne ; il revenait des Etats-Unis où il était allé étudier grâce à la famille de sa femme qui possédait une grande boutique au marché de Namdaemun ; il était le fils aîné d'une famille confucéenne pour qui la considération sociale importait plus que tout, ainsi qu'un jeune intellectuel dans un pays sous-développé, extrêmement désemparé face à une réalité difficile.

Mon père a dû sentir mon regard car il a tourné la tête vers moi et m'a fixée. Ses yeux semblaient dire avec satisfaction : « La toute petite fille qu'elle était à mon départ est devenue très dégourdie » ; ils étaient chargés en même temps de crainte : serait-il capable de subvenir aux besoins de tous ses enfants qui grandissaient aussi vite que des pousses de soja ?

11

Etait-ce à cause de ce regard, je n'ai plus évité ses yeux comme avant. J'avais l'impression que celui qui criait sur ma mère et balançait son bol de laiton dans la cour n'était pas cet élégant jeune homme, aussi ai-je adressé un sourire timide à ce père dont le beau visage mélancolique reflétait à la fois la fierté et l'inquiétude. Mon petit sourire a eu l'air de le détendre un peu et, frappé sans doute par une idée, il a quitté soudain l'échoppe et s'est approché de moi, toujours sur le dos de Bongsun.

— Jjang-a, je suis de bonne humeur aujourd'hui, tu veux qu'on aille faire un *drive* ensemble ?

Le visage de Bongsun s'est éclairé d'un seul coup et, pendant que je réfléchissais à ce que signifiait ce mot *drive* que j'entendais pour la première fois de ma vie, mon père a levé le bras vers un taxi qui se frayait difficilement un passage dans la rue étroite. Je n'avais jamais mis les pieds sans un taxi. Il s'est arrêté devant nous et mon père m'a prise rapidement du dos de Bongsun avant de monter dedans. A l'intérieur j'ai senti une odeur de carburant mais bizarrement ça ne m'a pas déplu. Ma grande sœur, débarrassée de moi, s'est avancée à pas hésitants vers mon père déjà installé dans la voiture.

— Bon, Bongsun, monte toi aussi. Aujourd'hui je suis d'excellente humeur.

Etait-ce encore la belle époque ? Ou dois-je plutôt dire que c'était une époque tranquille ? Mon père a demandé au chauffeur de partir faire un tour et celui-ci, l'air entendu, a pris la direction de Chungjeongno pour traverser le quartier de Seosomun, avant de rouler vers Namsan.

— Monsieur, cette voiture est bien de la fameuse marque Saenara ? a demandé mon père, interrompant ses explications à mon égard sur les noms des quartiers que nous traversions.

Quant à Bongsun, presque collée contre la vitre, elle se contentait de regarder le paysage défiler, comme ensorcelée.

— Oui, c'est bien une Saenara.

— Ce sont des véhicules que Kim Jong-pil[1] a fait importer du Japon, n'est-ce pas ?

— Bien sûr. Vous savez, les Japonais font de bonnes voitures. Les taxis Sibal que j'ai conduits avant, fabriqués avec des pièces reprises des jeeps américaines, ne sont rien à côté de ça.

— Vous arrivez à faire vivre votre famille avec ce que vous gagnez en tant que chauffeur de taxi ?

A cette question, le chauffeur lui a jeté un coup d'œil rapide dans le rétroviseur et a dit :

— Nous survivons à peine, pourquoi ? Vous voulez vous lancer dans ce métier, vous aussi ?

— Eh bien… moi aussi j'ai conduit une voiture jusqu'au printemps dernier quand j'étais aux Etats-Unis.

Il s'est mis à raconter des choses que le chauffeur ne lui avait même pas demandées tandis que ce dernier l'écoutait en silence, en changeant de temps en temps de vitesse avec une manette pareille à un stylo-bille suspendue sous le volant.

— C'était une Ford de 1960, vraiment pas chère, mais elle était énorme et très solide. Une occasion vieille de cinq ans mais elle n'est pas tombée en panne une seule fois. A la fin de mes études, pour rentrer en Corée, je l'ai vendue. Au moment où j'ai arrêté le moteur et enlevé la clé, j'ai eu un coup au cœur, je me suis demandé quand je pourrais mettre de nouveau la main sur une telle voiture… Cette idée m'a saisi…

1. En 1961, Kim Jong-pil, le directeur du service de renseignements à l'époque, a fait importer des milliers de voitures japonaises.

La voix de mon père m'a paru un peu émue et nostalgique.

— J'en déduis que vous êtes allé étudier aux Etats-Unis. Les gens là-bas vivent bien, n'est-ce pas ?

— Oui, ils mènent la belle vie. Matin et soir ils mangent de gros morceaux de viande et chaque foyer possède une voiture. Et surtout ils n'ont pas besoin de se battre corps et âme pour survivre. Les choses sont rationnelles là-bas. Ceux qui veulent travailler le peuvent. Pour être franc, après trois années passées là-bas, je trouve que les gens sont devenus plus durs depuis le coup d'Etat du 16 mai 1961. Je préférerais encore ne pas avoir connu la vie américaine, comme ça je ne comparerais pas les choses d'ici et celles de là-bas et je me contenterais peut-être de me dire que la vie est ainsi. Hélas, ce n'est pas le cas, je n'arrête pas de me demander pourquoi nous sommes condamnés à une existence misérable alors qu'ailleurs les gens vivent mieux… Je me sens amer.

Mon père semblait très saoul, ivre d'alcool, ivre d'une réalité où rien ne se déroulait comme il le voulait, qu'il voyait avec le regard de celui qui a goûté à une autre vie dans un pays développé pendant ses années d'études même s'il y a vécu pauvrement dans une chambre au sous-sol, une réalité où il habitait dans un logement de deux pièces dans un bidonville au sommet d'une colline, où il était contraint de boire du *soju* accompagné de concombres de mer debout devant un stand de nourriture sans chaises ; il avait l'air d'être vraiment malheureux. Le chauffeur ne pipait mot. Peut-être raillait-il intérieurement mon père pour son immaturité : « Toi, tu as quand même la chance d'avoir étudié aux Etats-Unis, alors de quoi tu te plains ? »

Mon père a approché son visage de ma joue, sa barbe qu'il n'avait pas rasée m'a fait mal. Je me suis débattue pour me libérer. Bongsun m'a prise dans ses bras. La voiture montait à présent vers la colline Namsan. Les cerisiers étaient en pleine floraison, on aurait dit qu'on avait allumé des lanternes rose clair ; au pied de ces arbres, des vendeurs ambulants confectionnaient des barbes à papa blanches, qui s'épanouissaient aussi comme des fleurs. Des femmes vêtues de *hanbok* aux couleurs vives, venues admirer les fleurs, se promenaient lentement çà et là comme dans un rêve. Bongsun ne semblait plus avoir peur de voir des cerisiers en fleurs.

Mon père a mis une cigarette entre ses lèvres, a baissé la vitre pour rejeter la fumée dehors et a dit :

— Bongsun, tu as bien aidé madame pendant mon absence, hein ?

— Oui.

Un sourire timide est apparu sur le visage légèrement grêlé de Bongsun.

— Très bien. Je vois que notre Bongsun est devenue une vraie jeune fille. Si tu continues de rester sagement chez nous en aidant bien madame, je vais te faire faire un beau mariage.

Bongsun a eu son rire habituel qui découvrait ses gencives. Cette fois mon père m'a fixée.

— Ma petite Jjang-a, toi, tu vas devenir quelqu'un de remarquable, a-t-il dit avec une petite tape sur mes fesses alors que je somnolais dans les bras de Bongsun. Moi, en tant que père, je souhaiterais simplement que plus tard tu rencontres quelqu'un de bien et que tu l'épouses. Mais je parie que le monde va changer. Il va y avoir plein de femmes admirables qui vont accomplir des choses dont même les hommes sont incapables. Tu dois devenir l'une de ces femmes, comme ces Occidentales qui discutent et débattent avec les hommes sur un pied d'égalité et enseignent aussi dans les universités, que personne ne peut mépriser simplement parce qu'elles sont des femmes, le genre de femme qui réalise des choses que les hommes n'imaginent même pas. Tu sais, moi ton père, je n'ai pas encore les moyens nécessaires mais je vais tout faire pour que tu sois comme ça, tu comprends, ma chérie ?

12

Je ne sais pas si les cafards de Bongsun ont fait leur effet mais mon père a fini par se faire embaucher, il nous a dit que c'était par une entreprise étrangère. Elle lui payait un salaire élevé, lui fournissait une voiture et lui accordait même deux jours de congé par semaine, le samedi et le dimanche. D'après lui, cette compagnie avait des succursales dans le monde entier, elle avait cherché un pays prometteur et choisi la Corée au détriment de l'Afrique du Sud pour installer une nouvelle succursale. Mon père a bien eu une voiture de fonction avec chauffeur mais celle-ci n'a malheureusement jamais pu monter jusque chez nous puisque la pente était constituée d'escaliers, aussi mon père devait-il descendre à pied les marches pendant dix minutes avant de prendre la voiture, garée sur la grand-route en face de l'école primaire d'Ahyeon, pour partir travailler.

Puis un jour, deux charrettes à bras sont arrivées chez nous et notre famille a déménagé un peu plus bas. Mallidong était un quartier étrange où se dressaient sur un côté de la rue de grandes maisons avec de hauts murs tandis que sur l'autre, quelques pas plus loin, étaient serrées les unes contre les autres des petites baraques aux toits bas. Vu du haut du quartier d'Ahyeon-dong, de belles maisons traditionnelles s'alignaient sur la rangée de droite, et sur celle de gauche, des baraques basses pareilles à des clapiers.

Nous avons emménagé dans un *hanok*, une maison traditionnelle assez grande située à mi-pente du quartier. A notre arrivée, elle abritait déjà trois autres foyers. Mon père partait au bureau dès le matin tandis que ma mère, qui avait cessé de travailler dans sa boutique au marché, restait à la maison. Bongsun avalait deux bols de riz à chaque repas, plus la croûte en raclant jusqu'au fond de la casserole, et était devenue bien grassouillette. Mais elle ne fréquentait pas l'école comme elle l'avait souhaité, pas même celle où l'on apprend à lire, écrire et coudre.

Après notre emménagement dans ce quartier, ma sœur aînée a été inscrite à l'école élémentaire Midong, réputée pour son taux de réussite d'entrée au collège ; chaque matin lorsqu'elle partait prendre le bus de son école – elle descendait deux arrêts plus loin – habillée en uniforme de marinière dont les rayures blanches tranchaient sur le bleu marine, Bongsun la regardait avec envie. Une fois par semaine, une dame d'un Sinangchon[1] venait chez nous, avec un gros sac aussi rempli que la hotte du Père Noël, nous présenter des caleçons longs et des sous-vêtements d'une couleur aussi rouge que l'amarante, des culottes solides et des

1. Village où habitent les adeptes du Cheonbukyo, une branche du protestantisme. Son fondateur, Pak Tae-seon, a créé le premier Sinangchon à Bucheon en 1957 puis deux autres dans d'autres villes. On y a construit de nombreuses usines où l'on fabrique des produits de la vie quotidienne, des instruments de musique, etc.

crèmes pour le visage ; elle avait le ventre volumineux sous son *momppe* [1] d'où elle sortait quantité de chocolats et de paquets de café inconnus jusque-là. Malgré tous ces changements de société, Bongsun ne sortait pas de la maison.

C'est vers cette époque que ma mère s'est mise à s'énerver contre Bongsun alors qu'elle ne lui avait presque jamais fait de reproches jusque-là. Par exemple, elle se plaignait que Bongsun épluchait maladroitement les pommes présentées aux invités ou bien qu'elle faisait brûler les toasts. Ma mère sortait régulièrement pendant la journée et un jour elle a rapporté une marmite étrange, dans laquelle elle faisait souvent cuire des boulettes de farine à la vapeur qu'elle appelait des petits pains et qu'elle nous donnait à manger. Mais Bongsun n'avalait jamais aucun aliment à base de farine.

— Moi je vais prendre du riz froid… a-t-elle lâché quand notre mère nous a présenté des petits pains pour la première fois. A moins qu'y ait pas de riz, mais le riz manque pas, pourquoi alors de la farine… ?

Ma mère semblait contrariée que Bongsun refuse de goûter aux petits pains préparés selon la recette des cours de cuisine qu'elle avait suivis.

— Sur le plan nutritif, les petits pains sont bien meilleurs que du riz, pourquoi refuses-tu donc de les manger ? En ce moment, même le gouvernement préconise de consommer de la farine. Les gens des pays plus développés que nous ne se nourrissent que de pain à la place du riz. Si tu t'obstines toute seule pour cette histoire de riz, il faudra qu'on en fasse cuire le matin exprès pour toi.

1. Pantalon ample rétréci au niveau des chevilles.

Mais sur ce sujet au moins Bongsun n'a pas cédé. Elle pouvait éventuellement accepter de manger du pain ou des nouilles au goûter, mais il était hors de question qu'elle se prive de riz aux repas. Alors elle en faisait cuire plus qu'en suffisance le soir, et le matin, pendant que ma famille avalait des toasts et du lait autour de la table basse, elle allait dans la cuisine prendre du riz froid dans un récipient en plastique orange et, une fesse posée sur le plan de travail à côté de la marmite, elle l'engloutissait bruyamment, trempé dans une soupe.

Mes parents semblaient tout à coup décidés à prendre le petit-déjeuner à l'occidentale ; tôt le matin, on livrait chez nous deux bouteilles de lait chaud de la marque Séoul et l'odeur des toasts grillés à la margarine se répandait dans toute la maison. Parfois nous faisions bouillir des *ramen,* produits tout nouveaux à l'époque, en guise de petit-déjeuner. Ma mère s'est débarrassée de son *hanbok* de taffetas et de son *momppe* en velours et s'est mise à porter une jupe longue de style vietnamien et des sandales à talons hauts. Elle a coupé ses longs cheveux qui, grâce à des permanentes, sont devenus de grosses boucles ondulantes ; et à l'occasion du passage d'une marchande de perruques, elle a également fait couper court les cheveux de Bongsun.

Elle sortait retrouver ses anciennes camarades d'école et il arrivait souvent que le titre du livre qu'elle tenait à la main tous les jours ne change pas pendant plusieurs mois.

Des années plus tard, chaque fois que je me disputais avec elle, elle exprimait de la sorte sa déception et ses regrets :

— Pour me consacrer à votre éducation, j'ai renoncé à tout et je suis restée à la maison, tout ça pour votre bien. C'est comme ça que tu remercies ta mère qui a tout sacrifié pour vous ?

Alors je lui répondais, moi qui étais désormais adulte et devenue même plus grande qu'elle :

— C'est vrai que tu es restée à la maison, et je te crois quand tu me dis que tu as renoncé à ton rêve de mener une activité professionnelle à cause de nous, mais ne me dis pas que c'est uniquement à cause de nous. D'accord, tu es restée à la maison et tu ne nous as jamais laissés dormir seuls, mais tu n'étais pas pour autant toujours à mes côtés.

En effet, dans mes souvenirs d'enfance, ma mère est toujours absente.

13

Dans notre maison vivaient plusieurs familles, il y avait notamment deux jeunes filles travaillant dans la couture qui occupaient une petite chambre au fond tandis qu'un couple avec deux enfants de cinq et deux ans habitait la pièce voisine. Les parents partaient travailler le matin et les deux garçons passaient toute la journée à jouer entre eux. A l'heure du déjeuner, ma mère demandait à Bongsun de leur apporter les restes du riz froid ou de la soupe de pâtes et de légumes qu'elle venait de préparer, et les enfants mettaient le riz froid ou la soupe de pâtes dans un grand récipient en laiton et mangeaient dedans, leurs têtes jointes, en accompagnant cela de *kimchi* qu'ils avaient fait avec des déchets de feuilles de chou. Pendant tout l'été, ils portaient la même culotte et le même débardeur. Parfois, revenant d'une visite chez leurs grands-parents à la campagne, ils me tendaient une sauterelle grillée ou une cuisse de grenouille cuisinée pour que je les goûte. Je les acceptais non sans répugnance. J'en mangeais juste un petit peu mais je n'arrivais pas à les mâchonner bruyamment comme ils le faisaient toute la journée.

Et puis un jour, ce devait être un après-midi au ciel gris du début de l'été, je ne sais pas ce qui lui a pris mais le garçon de cinq ans a cassé ma dînette, celle que mon père m'avait achetée, avec laquelle j'étais en train de jouer toute seule, et il s'est mis à me frapper. Il a prétendu qu'à cause de moi il avait manqué la mante religieuse ou la sauterelle ou je ne sais quoi qu'il voulait attraper. Je ne faisais pourtant que jouer à la dînette mais il a prétendu que cet insecte s'était faufilé dans mes jouets avant de disparaître.

— Espèce de garce, c'est parce que tu as écrasé tes foutues herbes là-bas que l'insecte s'est enfui dedans, sale pute! a-t-il craché en brandissant son poing devant mon visage, apparemment sa colère ne s'était pas dissipée même après m'avoir frappée.

Ahurie face à cette violence, je me suis contentée de rester là sans souffler mot. J'étais pétrifiée non seulement à cause de ma joue douloureuse, mais surtout par tous ces gros mots qui se déversaient de sa bouche. Je savais qu'il s'agissait d'insultes mais je n'en comprenais pas précisément le sens. J'avais juste l'impression d'avoir avalé quelque chose de très sale. C'est à ce moment-là que j'ai pris conscience de l'absence de Bongsun. Ma grande sœur Bongsun, devenue un peu rêveuse depuis notre installation dans ce quartier, disparaissait souvent ces derniers temps en me laissant livrée à moi-même. Pour la première fois j'affrontais seule un monde injuste, sans la présence de Bongsun. En entendant le garçon crier sur moi, les enfants d'un couple locataire d'une autre chambre se sont rassemblés autour de nous. Je me sentais plus perplexe qu'effrayée et triste. Enfin, ma sœur Bongsun, accompagnée de la bonne du voisin, est entrée dans la maison et j'ai éclaté en sanglots. Bongsun, surprise, a couru vers moi tandis que le garçon qui m'avait insultée m'a lancé un regard dur et m'a craché au visage.

— Foutue fille du propriétaire qui me portes la poisse, va-t'en, sale pétasse !

Avant même que j'aie eu le temps d'essuyer sa salive sur mon visage, les enfants derrière lui m'ont tous lancé des gros mots puis ont craché à leur tour, en répétant en chœur :

— Foutue fille du propriétaire, tu portes la poisse !

Alors qu'ils s'enfuyaient, Bongsun les a poursuivis et, saisissant le cou de l'un d'eux, lui a administré une fessée, mais les autres enfants ont réussi à lui échapper. Elle m'a emmenée au robinet dans la cour en grommelant :

— Sales gamins ignares, bande de vauriens, si jamais madame est au courant, ils risquent gros… Fais pas de grimaces et bouge pas, si on laisse la salive sur le visage, ça donne des champignons.

Elle a essuyé mes joues avec grand soin mais les gros mots qu'ils m'avaient lancés étaient restés coincés dans mon cœur et ne pouvaient être effacés. J'étais bouleversée. J'avais subi injustice et humiliation et je m'en indignais.

Ce soir-là, quand je me suis couchée à côté de Bongsun sous la couverture, je lui ai demandé :

— Grande sœur, pourquoi je suis la foutue fille du propriétaire ?

Je croyais à l'époque que la première famille qui s'installait dans une maison en devenait propriétaire car je me souvenais des paroles de ma mère à l'endroit où je suis née ; elle avait dit que notre famille avait pu obtenir rapidement un logement grâce aux propriétaires et elle avait désigné en même temps la maison. Aussi avais-je pensé que l'une des trois familles qui vivaient déjà dans cette maison avant nous devait en être propriétaire. En fait, non. Je n'y avais pas vraiment songé avant. C'est seulement après avoir été humiliée et frappée par ce garçon que j'ai réfléchi à ça toute la journée.

— C'est parce que tes parents ont acheté cette maison…

— Quand on achète la maison, on devient propriétaire ?

D'après Bongsun, il suffisait de donner de l'argent et la maison devenait à nous. Dire qu'on pouvait acheter une maison comme on achète un bonbon ! Comment était-il possible d'acheter et de vendre une maison où habitaient des gens qui y avaient installé leurs meubles et accroché leurs vêtements ? Et je ne comprenais pas non plus pourquoi un enfant de parents possédant une maison devenait un foutu enfant.

14

Pendant la période où ces questions me tourmentaient, une dame avec son fils si dodu que nous l'appelions Porcelet passait chez nous percevoir la contribution mensuelle du *gye*[1]. Ils venaient systématiquement à l'heure du repas et elle mangeait avec

1. Une sorte d'association de prêt mutuel. Un organisateur réunit un certain nombre de personnes qui paient un certain montant mensuel, et une fois par mois, après tirage au sort, l'un des membres récupère la somme.

nous en disant « Mettez un couvert de plus ». Ma mère, une fois récupérée la grosse somme de cette association de prêt mutuel, a demandé aux locataires dont les enfants m'avaient frappée et insultée de libérer leurs chambres. C'est ainsi que nous avons disposé des cinq chambres de la maison pour nous seuls ; ma mère a fait faire des travaux dans la remise sous la terrasse des jarres à sauce et a fait carreler la pièce en bleu et blanc pour y aménager une salle de bain.

Comme il n'y avait plus d'autres enfants dans la maison, j'ai commencé à m'ennuyer terriblement. Les familles qui habitaient dans les grandes maisons entourées de hauts murs n'avaient presque pas d'enfants, et même s'il y en avait, ils ne sortaient jamais jouer avec ceux du quartier. Il en était de même pour ma sœur et mon frère ; quand ils avaient fini l'école, ils allaient suivre des cours particuliers pour préparer l'examen d'entrée au collège ou ils faisaient leurs devoirs sous la surveillance de ma mère. Dans les baraquements de l'autre côté de la rue, il y avait plein d'enfants mais ils ne s'approchaient pas de moi.

J'étais donc toujours seule. Même Bongsun n'était pas souvent avec moi. Car depuis notre arrivée dans ce quartier, elle avait commencé à fréquenter un garçon. Souvent, je prenais un coca, ou un morceau de gâteau venant d'une pâtisserie, ou encore une boîte de conserve d'ananas que ma mère avait rangée dans le tout premier frigo qu'elle avait acheté, et je les consommais accroupie devant le portail de ma maison vide. Alors les enfants du quartier me jetaient des coups d'œil furtifs puis tous ensemble s'en allaient et revenaient avant de disparaître.

Un jour, un garçon s'est approché de moi. Il m'a observée en train de manger le gâteau puis il est venu lentement s'accroupir à mes côtés.

— Il est pas bon, c'est ça ?

Je lui ai tendu mon gâteau. Il en a pris une bouchée et l'a avalée d'un seul coup avant de me dire :

— J'ai pris un morceau si petit que je me rappelle plus trop le goût…

Je lui ai tendu à nouveau mon gâteau en épiant son expression. D'autres enfants s'étaient rassemblés autour de nous. J'ai compris qu'ils me testaient.

Maintenant que les enfants de mon âge ne m'ignoraient plus, j'étais prête à tout pour être acceptée par eux ; du coup, je leur ai donné la totalité du gâteau que j'avais. Il y en avait beaucoup mais ils ont tout englouti en un clin d'œil. Puis un garçon plus âgé m'a demandé :

— Est-ce qu'il y en a encore chez toi ?

J'ai hoché la tête puis une inquiétude m'a traversée. Il est vrai qu'il restait du gâteau à la maison mais c'étaient les parts de ma sœur et de mon frère qui allaient rentrer de l'école. Mais mon ennui et mon envie de jouer avec ces enfants étaient tels que je me suis précipitée sans hésitation chez moi, pour revenir avec tout le reste du gâteau. Ils ont mangé jusqu'à la rose de décoration et ses feuilles en sucre et ont même léché la crème collée sur le fond de la boîte. Malgré cela, ils ne m'ont pas proposé de jouer avec eux.

Lorsqu'ils sont repartis en laissant la boîte de gâteau vide, je les ai suivis, moi aussi. Ils m'ont jeté un coup d'œil rapide mais ils ne m'ont pas craché dessus et ne m'ont pas insultée comme les autres l'avaient fait. J'étais enfin acceptée ! J'étais tellement contente que j'en ai oublié ma peur d'être grondée par ma mère pour avoir dilapidé les parts de gâteau de ma sœur et mon frère. Car moi aussi désormais j'avais des amis avec qui m'amuser.

J'ai regardé les enfants jouer au *jachiki* [1] et frapper bruyamment des *ddakji* [2]. De temps en temps, l'un d'eux me fixait, l'air de dire « Tu n'es pas encore rentrée chez toi ? » mais je lui souriais chaque fois en m'efforçant d'adopter une expression amicale. Puis un autre enfant du groupe a levé le pouce et a dit :

— Que ceux qui veulent jouer au loup viennent toucher mon doigt !

Aussitôt les enfants qui étaient dispersés dans la ruelle se sont rapprochés. Ils m'ont encore jeté un coup d'œil, mais même si intérieurement je me sentais un peu gênée, je suis restée là en affichant une mine désinvolte. Je me suis insérée dans le groupe alors qu'il jouait à pierre-feuille-ciseaux. Ils m'ont de nouveau regardée d'un air intrigué, sans rien dire. Mais je n'ai pas tardé à comprendre que quelque chose clochait.

Au début, je pensais que j'avais été désignée pour être le loup parce que je ne connaissais pas grand-chose aux règles du jeu, mais du matin jusqu'au coucher de soleil – et l'été, il a lieu bien tard –, j'ai été le loup tout le temps. J'avais beau attraper ou toucher un enfant, les autres s'obstinaient à dire que ce n'était pas vrai. Je clamais chaque fois que je l'avais bel et bien touché mais ils ne voulaient rien entendre. Personne ne prenait ma défense. Dans un premier temps, j'ai cru qu'ils avaient des doutes parce que mes gestes n'étaient pas suffisamment explicites et que j'avais

1. Jeu qui consiste à taper un court bâton posé au sol avec un autre plus long. Celui qui envoie le bâton le plus loin gagne.

2. Le *ddakji* est un carton plié en petit carré. Un joueur frappe un carton posé sur le sol avec un autre pour tenter de le renverser.

tort de les trouver injustes. Aussi ai-je visé le gamin le plus jeune et couru de toutes mes forces avant de l'attraper par le cou et de ne pas le lâcher.

— Je l'ai eu, regardez ! ai-je crié, triomphante. Maintenant vous me croyez, n'est-ce pas ?

Comme je tenais toujours le cou de mon petit prisonnier, cette fois vraiment personne ne pouvait le nier. En effet, ils affichaient un air embarrassé. Mais peu après, l'un d'eux s'est avancé, c'était celui qui m'avait frappée quand il habitait chez moi.

— Tu rigoles ? s'est-il moqué, le petit que tu as attrapé, il compte pas !

Aussitôt, tous ceux qui avaient gardé le silence jusque-là ont éclaté de rire en chœur comme des ballons qui explosent d'un coup.

— Bon, on recommence !

A ces mots, tous se sont éparpillés. Etant restée le loup, je devais à nouveau attraper l'un d'eux. Mais les forces ont commencé à abandonner mes bras et mes jambes. La sueur s'est mise à perler sur mon front. Les enfants se faufilaient dans tous les sens pour m'éviter, moi qui les poursuivais à perdre haleine. J'étais un peu la souris qui s'efforce d'attraper les chats. Pourquoi redoutais-je tant leurs regards étincelants, aussi noirs que leurs visages crasseux, quand ils me fixaient l'air de se moquer et de savourer ma peine ? Au bout d'un moment, j'ai compris qu'ils étaient de mèche pour me ridiculiser, moi, la fille de propriétaire en robe de dentelle, mais j'ai continué quand même. J'ai alors vaguement deviné pourquoi mon grand frère, qui était sorti jouer au *ddakji* dans la ruelle, n'y était jamais retourné et ne fréquentait plus que ses amis des cours particuliers.

Mais j'ai décidé de le supporter. C'est vrai, je me sentais bien seule quand j'étais enfermée dans mon rôle de loup sans possibilité d'en sortir, quand les autres enfants m'accusaient de mentir alors que je respectais strictement les règles du jeu, ou bien quand je restais dans le noir, les mains sur les yeux, face au mur couvert de graffitis en récitant « un, deux, trois... », pendant que les autres se cachaient dans les ruelles. Mais je préférais encore ça au fait d'être réellement seule. Je détestais m'ennuyer à l'époque.

15

Bongsun est venue me chercher pour le dîner, ce qui m'a réjouie, c'était inespéré. J'allais pouvoir m'enfuir de ce jeu dont les règles m'étaient défavorables, tout en faisant mine d'être désolée de ne pouvoir m'opposer à la volonté des adultes, mais cela m'a soudain paru une tromperie, comme ils disaient. Pendant que j'hésitais, un enfant a grogné :

— Putain, ça se fait pas, ça. T'es le loup, faut que tu en trouves un autre si tu veux partir... On t'a fait entrer dans notre jeu pour voir comment tu t'en sortais, mais tu gâches tout, espèce d'idiote !

Il avait raison. Si le loup s'en va, le jeu est gâché. En plus, ils ne m'accepteraient plus jamais parmi eux si je partais, et rien de bon ne m'attendait à la maison : ma mère allait me poser des questions sur le gâteau disparu. Alors j'ai repoussé la main de Bongsun. Mes nouveaux amis m'étaient plus précieux qu'elle qui avait la tête ailleurs, amoureuse d'un jeune employé de teinturerie. Désormais mon avenir était lié à ces enfants comme il l'avait été à Bongsun jusque-là.

Finalement, cédant à mon entêtement, elle est rentrée seule à la maison. Ainsi, jusque tard dans la soirée, jusqu'à ce que les parents de mes nouveaux amis rentrent de leur boulot au marché et les appellent à tue-tête par leurs prénoms, Yeong-seok ou Bong-cheol, après avoir préparé un dîner tardif, j'ai été constamment le loup. J'ai failli fondre en larmes plusieurs fois, mais je savais que pleurer ne m'aurait rendue que plus ridicule. Malgré tout, je gardais espoir : quand ils seraient lassés de rire de moi, ils me libéreraient de cette corvée. Je tenais à leur montrer que j'étais capable de surmonter cette épreuve initiatique et j'espérais partir après avoir légué loyalement ma place de loup à un autre enfant, avec leur approbation satisfaite.

Je voulais moi aussi, au moins une fois, faire partie du groupe et me moquer de l'enfant devenu loup comme on s'était moqué de moi. S'ils me laissaient la moindre chance de quitter ce rôle, je ne me laisserais plus jamais attraper et je regarderais le loup d'un air triomphant. Même si ce pauvre loup accusait les autres de violer les règles et protestait farouchement, si la majorité s'obstinait à prétendre que c'était eux qui avaient raison et non lui, je me rangerais à la majorité pour la soutenir. C'était indubitablement injuste, mais le pouvoir était quelque chose de très agréable, glorieux et sécurisant. Hélas, jusqu'au bout, ils ne m'ont pas laissé cette chance, et Bongsun n'est pas non plus revenue me chercher. Alors, comme il me répugnait de leur montrer mon dos pitoyable de victime en quittant le jeu, a surgi en moi la volonté de résister autant que je le pouvais.

Bongsun, totalement ignorante de mon désarroi et de ma tristesse, flirtait avec le jeune homme de la teinturerie dans une ruelle sombre. Chaque nuit, elle écoutait à la radio les chansons de la célèbre chanteuse

Lee Mi-ja et recopiait les paroles de son écriture toute de travers, en les fredonnant sans répit. Entre elle et moi s'était créée une certaine distance, tout comme physiquement j'avais trop grandi pour qu'elle me prenne encore sur son dos ; je comprenais vaguement que je devais faire mes premiers pas dans ce monde toute seule, sans Bongsun, face à ces regards pleins de fiel.

J'ai serré les dents et répété « un, deux, trois... » dans l'obscurité. Peut-être récitais-je ces mots comme une formule magique pour m'exhorter à être forte, comme si je me disais à moi-même : « J'ai beau essayer qu'ils m'acceptent, je suis toujours seule, oui, je suis toute seule. Si je pleure maintenant, je serai toujours une idiote à leurs yeux. » Un long moment plus tard, lorsque je me suis retournée, il n'y avait personne sur l'escalier abrupt de la ruelle. A la lumière jaunâtre des réverbères, l'ombre des poteaux électriques s'allongeait et les feuilles du saule pleureur devant la boutique tenue par la famille de Jjang-ku m'ont donné la chair de poule, on aurait dit des cheveux ébouriffés.

16

Je les ai cherchés dans tous les recoins de ces allées emplies d'un vaste silence sombre où ne résonnait que le bruit de mes pas. Je suis allée voir autour de la pompe à eau commune et derrière un peuplier. Bien après, j'ai compris qu'ils ne s'étaient pas cachés mais qu'ils étaient tous rentrés dans leurs maisons aux toits bas ; ils étaient en train de dîner avec leurs mères rentrées du marché ; aucun d'eux ne se souciait de moi qui étais restée dehors, les yeux fermés, en réprimant ma peur pour jouer fidèlement mon rôle et qui les cherchais à présent partout ; peut-être l'un d'eux s'est-il souvenu de moi en mangeant : « Ah, il y a Jjang-a qui est encore dehors », mais il a oublié aussitôt ; pour eux, ce n'était pas grave que je sois dehors et continue à les chercher, car moi j'avais des gâteaux et des robes en dentelle.

Ce jour-là, j'aurais dû comprendre qu'il est inutile de faire confiance et d'accorder le bénéfice du doute à des gens qui, parmi tant de sentiments possibles, ne manifestent que de l'hostilité. Mais même en sachant dès le début que telle personne va forcément agir dans le mauvais sens, on se dit toujours « on ne sait jamais… », c'est plus fort que nous, c'est comme le poison addictif de l'espoir. On a beau respecter les règles du jeu, il se peut que l'on soit injustement condamné, cette vérité cruelle, je l'ai vécue trente ans plus tard. Mais j'en suis au même point aujourd'hui, après tant d'années. J'ai eu souvent ce genre d'expériences depuis cette première fois, pourquoi faut-il que je m'acharne à croire que les méchants finiront par être bons et les règles à être impartiales ? Pourquoi ai-je la ferme conviction que ma mésaventure de ce jour-là est un cas particulier lié à ces lieux précis et que je n'ai simplement pas eu de chance ? N'est-ce pas une volonté de ma part de fermer les yeux à la dure réalité pour la fuir ?

17

Je n'ai plus jamais rejoué avec ces enfants. En ce qui concerne les tranches d'ananas, les cocas et les gâteaux, je mangeais sagement ma part toute seule en laissant celles pour ma sœur et mon frère qui allaient rentrer de l'école. Je m'asseyais pour faire des gammes devant le tout nouveau piano Schimmel que mon père venait d'acquérir ou je sortais admirer le jardin que ma mère avait aménagé en supprimant une pièce et en la remplaçant par de la terre : des volubilis grimpaient le long du mur, des pourpiers à grandes fleurs souriaient en levant leurs petites têtes… Quand j'approchais les yeux des éclats de verre tranchants enfoncés sur le sommet du mur en ciment pour dissuader les voleurs, je voyais le cortège sinueux des toits en pente raide de mon quartier qui s'étirait jusqu'à l'école primaire d'Ahyeon, comme si je le regardais à travers un verre périscopique. « Qui habite dans toutes ces maisons ? Y a-t-il quelqu'un dans un coin de l'une d'elles qui s'ennuie comme moi ? » songeais-je.

Pendant ces après-midi d'été où des cumulus flottaient dans le ciel et où le coton de la couette que ma mère avait étendue sur la corde à linge le matin se gonflait d'air chaud, je jouais à la dînette toute seule. J'endossais à la fois le rôle du père et de la mère, de la bonne et du bébé. Voici le scénario qui se répétait tous les jours : le matin, le père part travailler au bureau, la mère va au marché, tandis que le bébé dort encore ; quant à la bonne, elle écrase un morceau de brique en guise de poudre de piment, puis elle cueille les feuilles de jeunes cosmos, de sauge et des pétales de fleurs d'amarante pour en faire du *kimchi*. Les membres de la famille dans mon jeu se croisaient et se parlaient rarement entre eux, ce qui me permettait d'assumer tous ces rôles à moi seule.

Le matin, les fleurs des volubilis s'ouvraient, couvertes de rosée, tandis que le soir, les belles-de-nuit déployaient leurs délicates corolles. La même chose se succédait tous les jours. Ma mère sortait pour participer à la réunion du *gye* et Bongsun quittait la maison sous le prétexte fallacieux d'aller faire des courses au marché.

Puis, un jour, je me suis fait une amie. Elle s'appelait Mija, c'était la bonne des voisins. Elle avait le visage carré et des sourcils foncés qui se rejoignaient presque, et elle a été la première de mon quartier à porter un pantalon à pattes d'éléphant, à la mode de l'époque.

Bongsun allait souvent voir Mija avec un bout de papier sur lequel elle avait copié les paroles des chansons de Lee Mi-ja. Moi qui avais retrouvé ma solitude après la blessure infligée par ma première rencontre avec les enfants du quartier, j'avais commencé à fréquenter Mija en suivant Bongsun. Mais celle-ci ne me laissait plus intervenir dans leurs conversations comme autrefois. Elles chuchotaient sans cesse entre elles je ne savais quoi.

Mija vivait dans la maison achetée par un vieux couple habitant à Gwangju. Depuis que leur fils aîné et sa femme, qui l'avaient occupée, étaient partis étudier à l'étranger, seul le vieux couple y passait de temps en temps, d'après ce qu'elle disait. Dans cette maison il y avait plein de choses curieuses : un mur couvert de bambous fins et de roses sauvages, un grand cycas ressemblant à un ananas, et toutes sortes de livres dans la bibliothèque qui, paraît-il, appartenaient au fils de la famille… Pendant que les deux bonnes parlaient à voix basse, leurs visages tout empourprés, je lisais tout ce qui me tombait sous la main. J'ai d'abord commencé par les illustrés et je me suis ainsi emparée de magazines comme *Sunday Seoul*. Je les choisissais parce qu'ils contenaient beaucoup de photos mais pour dire la vérité, ils m'ont fait pénétrer dans un monde kaléidoscopique que je ne connaissais ni ne comprenais. Je lisais des phrases telles que « Nous avons franchi la ligne interdite » ou « Elle est enceinte de lui… » Je regardais le corps nu d'une femme tracé à l'aide d'un pinceau épais et je découvrais, dans les moindres détails, le rapport sexuel entre un homme et une femme qui était expliqué de manière exhaustive. S'ouvrait là, comment dire, un monde d'une tout autre dimension que celui de la grande collection des *Chefs-d'œuvre du monde en cinquante volumes* à la couverture aux motifs rouge-orangé publiée par les éditions Gyemong, à laquelle mon frère et ma sœur m'interdisaient de toucher. J'ai commencé à me plonger dans cette nouvelle lecture.

Bongsun jetait de temps à autre un regard suspicieux sur le livre que je tenais à la main mais elle prenait aussitôt un air qui semblait dire qu'une enfant d'à peine quatre ans ne pouvait rien comprendre du contenu de ces ouvrages. Et puis, chaque fois qu'elle ou Mija me lançait un œil méfiant, je n'avais qu'à arborer une expression innocente. Personne dans ma famille ne s'était aperçu que je savais lire. Même aujourd'hui je ne parviens pas encore à comprendre comment j'ai appris à lire. Mon ennui était si profond que je m'amusais à copier le manuel du CP de mon grand frère, c'est tout ce dont je me souviens. A cause de ça, il m'a beaucoup tapé sur la tête, mais un jour je me suis rendu compte que je lisais comme par enchantement. C'est bien plus tard que j'ai compris que lire signifiait « comprendre le sens ».

En fin de compte, j'ai été une enfant assez livrée à elle-même, qui a grandi toute seule, comme la plupart des petits derniers de la famille. Dans ce sens, je n'étais pas très différente de ces enfants du quartier qui couraient ensemble en criant dans la ruelle devant chez moi, même si mes cheveux coiffés en deux nattes étaient ornés de jolis rubans roses commandés spécialement par ma mère dans une mercerie, et même si je mangeais toujours des gâteaux occidentaux achetés dans une pâtisserie. Il y avait juste une différence : leurs mères allaient au marché pour gagner leur vie tandis que ma mère, libérée des soucis matériels, sortait faire du shopping dans le centre-ville.

Pendant que je lisais secrètement ces ouvrages, n'ayant rien d'autre à faire chez Mija, j'ai pris conscience d'un monde dont je ne soupçonnais pas l'existence, ne serait-ce que vaguement, un monde bien plus grand que je ne pouvais l'imaginer, et sur lequel les magazines m'apprenaient des choses que personne ne voulait me dire. Dans les magazines que je trouvais là-bas, apparaissaient non pas des noms peu familiers comme Jeremy ou Sera, personnages aux cheveux blonds des livres pour enfants, ces noms étrangers que j'avais du mal à retenir, mais des noms coréens comme Yi Yeong-ja, Park Cheol-sik et Min Kyeong-hui, ces célébrités dont j'entendais parler tous les jours mais à propos desquelles je ne savais rien. Comment expliquer ça, c'était un monde plus vivant et plus dynamique que celui auquel j'étais habituée.

— Alors, qu'est-ce que Byeong-sik a dit ?

— Il m'a dit que je demande à mes patrons de m'acheter une maison. D'après lui, j'ai travaillé dur pour eux et donc ils doivent me donner au moins une somme qui permet d'ouvrir une teinturerie.

— Oui, il a raison, demande-leur. La maman de Jjang-a peut au moins t'offrir ça… De toute façon, tu travailles chez eux mais t'as pas de salaire et donc tu m'as dit qu'ils t'ont promis de te donner de quoi t'installer quand tu te marieras, non ? Soi-disant ils te considèrent comme une fille adoptive, ce sont que de belles paroles, tout ça c'est un prétexte pour pas te payer de salaire, t'es pas d'accord ?

— Fais gaffe à ce que tu dis, notre madame, elle est pas une personne de ce genre.

— Tu parles ! Mais bon, tu m'as dit que Byeong-sik a déjà repéré une teinturerie à Suwon ?

Tout en les écoutant, je somnolais sans doute car leurs paroles s'approchaient, s'éloignaient, puis je n'entendais plus rien.

En émergeant du sommeil, je me suis retrouvée dans un univers complètement étranger. Tout ce que je voyais était teinté de bleu. Pourquoi, enfant, me sentais-je aussi triste chaque fois que je me réveillais de ma sieste ? Encore aujourd'hui, quand mon enfant tout juste réveillé pleure tristement, mon cœur fait un bond. Pour moi qui ne suis même pas une mère très attentive, c'est le moment où je comprends mon enfant le mieux, cet instant où le soir bleuâtre tombe, où les plantains poussant dans le parterre et même les pétales rose clair des roses sauvages grimpant le long du mur semblent passer par ce filtre bleu qui rend incapable de distinguer le matin du soir ; ce moment légèrement obscur où chacun, même celle qui est en compagnie de son bien-aimé, se sent orphelin.

Sans doute parce que, juste avant de m'endormir j'avais entendu Bongsun parler d'ouvrir une teinturerie et de quitter ma famille, ne la voyant pas à mon réveil, j'ai pleuré puis, apitoyée par mes propres pleurs, j'ai hurlé de plus belle. Aussitôt Bongsun est accourue dans la chambre de Mija et m'a serrée fort dans ses bras, me trouvant si mignonne en larmes après ma sieste. Alors, le monde bleuâtre a commencé à se colorer de jaune et mon chagrin s'est dissipé. Bongsun était la seule et unique personne qui me prenait dans ses bras quand je me sentais triste et abandonnée. Elle était pour moi une mère, une grande sœur, en même temps qu'une amie et le premier être humain que j'ai vu en arrivant dans ce monde.

18

Cette nuit-là, lorsque je me suis réveillée avant que le jour ne soit levé, Bongsun n'était pas à côté de moi. Ce n'était pas la première fois. A travers la fenêtre donnant sur la ruelle, l'ombre de l'orme s'étendait jusqu'au plafond de la pièce tel le long doigt d'un monstre ; les motifs rectangulaires du papier peint du plafond, taché partout par l'urine des rats, semblaient pâlir et j'ai eu l'impression qu'un visage bleu allait en surgir ; cette idée m'a terrifiée. C'était peut-être la faute de Bongsun qui m'avait raconté beaucoup d'histoires horribles. J'ai remonté la couverture jusqu'à ma tête mais là j'imaginais que le visage bleu surgi du plafond me fixait pour de vrai. J'ai donc baissé la couverture pour vérifier qu'il n'y avait rien au plafond puis je me suis tournée et retournée sur ma couche. Maintes fois j'ai eu la tentation de me lever et d'aller dans la chambre de mes parents, sans y céder pour autant. Cette solution m'aurait permis de me débarrasser de la peur mais ma mère aurait appris l'absence de Bongsun. Je préférais donc surmonter mon angoisse toute seule.

J'ai pris l'habitude d'aller seule chez Mija. En chemin, je croisais le groupe des enfants brailleurs qui traînaient toujours ensemble dans la ruelle. J'avais décidé de ne plus me joindre à eux mais, parfois, munie du vague espoir qu'ils allaient peut-être m'intégrer dans leur groupe, je restais debout le dos contre un mur en suçant mon pouce. Hélas, chaque fois ils passaient devant moi en m'ignorant complètement, comme s'ils ne me connaissaient pas.

Un jour, en me voyant entrer chez elle, Mija s'est levée d'un bond, surprise. Elle portait toujours son fameux pantalon à pattes d'éléphant et de ses mains, qu'elle tenait derrière son dos, s'échappait une fumée blanche. Elle m'a fixée un moment d'un air hésitant. C'était la même expression que Bongsun lorsqu'elle découvrait que j'étais réveillée quand elle rentrait d'une de ses promenades nocturnes, le visage rouge d'excitation. Je savais comment je devais me comporter dans ces moments-là. Prendre une attitude innocente et faire comme si de rien n'était. Bongsun se laissait souvent berner par mon cinéma. Mija a hésité un moment puis, l'air décidé, elle m'a montré quelque chose qu'elle avait caché derrière son dos, quelque chose d'allongé et blanc. Ensuite, elle a craqué une allumette et a mis le feu à cette chose blanche avant de me la tendre.

— Essaie de la fumer toi aussi, c'est bon…

Comme j'hésitais, Mija a porté la cigarette à sa bouche. Elle a aspiré la fumée jusqu'à ce que ses pommettes saillent, avant de la recracher en m'adressant un léger sourire. J'ai pris la cigarette et l'ai mise entre mes lèvres. Cela ne m'enchantait pas tellement mais je n'avais pas peur pour autant. Je l'ai fumée jusqu'au bout sans le moindre toussotement. Je savais pourquoi Mija avait agi ainsi. Elle voulait que je sois sa complice. Cette intention de sa part m'a exaltée au plus haut point, ce n'était pas comme Bongsun qui me prenait pour une petite gamine ignare. Lorsque, en ruminant ces pensées, j'ai achevé de fumer la cigarette, Mija a changé tout à coup d'expression, elle a froncé les sourcils et a dit :

— Mais dis donc, pas mal du tout pour une mioche comme toi. Regarde-moi ça, t'es pas la petite fille ordinaire que tu sembles être. Bon, maintenant toi aussi tu l'as fumée, d'accord… ? Tu ne dois pas dire à Bongsun et à ta maman que c'est moi qui t'ai donné cette cigarette, compris ? Si jamais tu fais ça, je te dénoncerai à ta mère.

Son ton était aussi solennel que lorsqu'on fait un serment secret. J'ai hoché la tête ostensiblement en signe de compréhension. Elle est allée dans la cuisine et elle en est revenue avec une bouteille remplie d'un liquide rouge qu'elle a versé dans un verre. Elle me l'a tendu et j'ai goûté une gorgée de ce breuvage sucré. Le parfum fort qui m'a piqué les narines était plus puissant que le goût sur ma langue. C'était différent de ce qui remontait tout droit de mon estomac vers mon nez après avoir bu beaucoup de coca. Je n'ai pas trouvé ça très agréable, c'était à la fois effrayant, déplaisant et électrisant, telle la voix d'une marâtre dans les histoires que Bongsun me racontait. Sans oser refuser, j'ai bu encore quelques gorgées puis j'ai rendu le verre à Mija.

Elle m'a regardée avec amusement avant de boire plusieurs verres de suite. J'avais l'impression de vivre un moment grave, comme si je venais de sceller notre amitié par un serment de sang. Mon corps s'alanguissait. Les doux rayons du soleil se déversaient abondamment dans le jardin. Les épines du cycas et les feuilles des bambous aussi fines que des arêtes de poisson semblaient engraisser sous ce magnifique soleil.

La tête me tournait à cause de l'alcool que j'avais bu mais mon esprit était aussi alerte que si je m'apprêtais à partir en expédition. Mija a vidé la moitié de la bouteille, est allée à la pompe dans la cour et l'a remplie avec de l'eau avant de la secouer. Son visage écarlate tressaillait au rythme de la secousse du liquide rouge. Elle est allée remettre la bouteille à sa place dans la cuisine, puis s'est allongée de tout son long sur le grand *maru*, très détendue. Moi aussi je me suis allongée à côté d'elle. La fraîcheur du parquet du *maru* était agréable.

— Tu sais ce que Bongsun fait la nuit ?

J'ai secoué la tête. Je devinais vaguement qu'elle retrouvait le jeune homme de la teinturerie mais la voix de Mija laissait percer un sous-entendu encore plus secret et troublant que ça.

— Tu sais, quand un homme et une femme se rencontrent seul à seule... Tu es encore trop petite pour comprendre mais y a quelque chose qui se passe...

Elle a tourné la tête vers moi et a ri sans retenue, très à l'aise.

— Tu peux pas comprendre de quoi il s'agit... Oui, y a des choses qui se passent... et une fois qu'on est tombé dedans, on veut plus en sortir. Ah, ce plaisir enivrant...

Evidemment que je ne comprenais rien. Et Mija qui en était bien persuadée a murmuré la phrase suivante avec encore plus de désinvolture :

— Tu sais ce que font un homme et une femme, par exemple quand ta maman et ton papa couchent ensemble, tu sais ce qu'ils font… ?

Et elle a ri à nouveau. Moi je n'ai rien pu lui répondre. « Quand ils couchent ensemble, ils dorment, qu'est-ce qu'ils feraient d'autre, à part rêver ? » Je ne comprenais pas la question de Mija et je ne m'étais jamais interrogée à ce sujet. J'imaginais vaguement que quand un homme et une femme, ou plutôt une mère et un père, dormaient ensemble dans la même chambre, une graine du bébé entrait naturellement dans le ventre de la mère tout comme un papillon transporte la graine de pollen depuis les étamines vers le pistil ; mais tout à coup, j'ai eu envie de faire pipi en revoyant dans mon esprit les corps nus et enlacés d'une femme et d'un homme remuant sous les larges traits de pinceau de la presse à scandale ; les textes que j'avais lus sans vraiment les comprendre semblaient soudain prendre corps et se tortiller sensuellement, rouges d'excitation.

Mija a tendu une main pour m'attirer à elle. Elle avait les yeux fermés et ne semblait absolument pas se soucier du fait que la personne à ses côtés était encore une enfant en bas âge. Moi aussi je m'en fichais. Le monde que je connaissais jusque-là s'est trouvé bouleversé, comme si les fleurs dans la cour se transformaient brusquement en animaux vivants. Quelque chose en moi, à l'état de sommeil depuis longtemps, a jailli tout à coup puis a enflé de plus en plus et s'est étiré jusqu'au bout de mes terminaisons nerveuses, me procurant un plaisir électrisant. Mija, les yeux toujours mi-clos, a approché mon visage du sien et s'est trémoussée dans tous les sens. Moi, dans une position inconfortable, je lui ai confié mon corps.

A ma propre surprise, j'attendais qu'elle fasse quelque chose, qu'une phrase sorte de sa bouche ou qu'elle pose la main sur moi, même si je n'avais aucune idée de ce que pourrait signifier ce geste ; j'avais l'impression qu'au moindre de ses mouvements, je passerais de mon monde insipide et ennuyeux à celui que j'avais vu dans les magazines, comme si je traversais un tunnel et me transformais en une personne tout à fait nouvelle.

Pour la première fois depuis notre emménagement dans ce quartier de Mallidong, tout mon corps tremblait d'excitation. Désormais, Bongsun aurait beau apparaître et me menacer dix fois d'une voix terrifiante : « Faisons cuiiire Jjang-a… », je n'aurais pas peur. Peut-être mon visage était-il encore plus rouge que lorsque j'étais tout juste sortie du ventre de ma mère.

19

Hélas, ce fantasme s'est brisé impitoyablement. Mija, qui était en train de caresser du bout de ses doigts mon bras nu, s'est levée d'un bond en entendant le portail s'ouvrir, et mon rêve de passer du monde statique des plantes à celui mouvant des animaux a tourné à la stupéfaction. Bongsun a fait son entrée. Mija s'est affairée à pomper de l'eau et en a aspergé toute la cour. Le visage de Bongsun qui venait me chercher s'est crispé à la vue des mégots traînant sur le *maru*.

— Le livreur de briquettes de charbon est passé tout à l'heure… a murmuré Mija sans avoir été questionnée, en poussant discrètement le cendrier dans un coin du *maru*.

C'était la première fois que je voyais Bongsun aussi en colère. Elle a hésité un moment puis elle m'a prise sur son dos. Comme j'étais plus grande que les enfants de mon âge, cette position me gênait beaucoup, mais je n'ai rien dit. Je redoutais qu'elle ne découvre que j'avais fumé une cigarette, lu des magazines, ou encore eu ces étranges sensations qui m'avaient démangée comme quand on a envie de faire pipi.

Sur le chemin du retour, j'ai senti que le dos de Bongsun était devenu dur. C'est seulement arrivée à la maison que j'ai dit d'une toute petite voix que j'avais envie d'en descendre. Bongsun m'a déposée devant le portail, a jeté un coup d'œil autour d'elle et m'a tirée par le bras. Elle avait une force incroyable. Elle a arboré la même expression que ma mère quand celle-ci s'apprêtait à me gronder.

— Qu'est-ce que tu as? ai-je ronchonné en reculant d'un pas, les yeux fixés sur le visage de Bongsun.

Son expression sévère la rendait méconnaissable, aussi ai-je pris peur. Dans une situation pareille, il vaut mieux attaquer en premier et essayer de se défendre bec et ongles.

— Pourquoi tu es comme ça avec moi, quel mal j'ai fait? Je suis allée la voir parce que je m'ennuyais sans toi. J'y suis allée pour te chercher! Où tu étais pendant tout ce temps et pourquoi tu arrives seulement maintenant? Et de quel droit tu fais cette tête effrayante?

Sur ce j'ai pleuré, non de chagrin cette fois, mais par stratégie. Mes larmes ne faisaient jamais ciller ma mère alors que Bongsun ne pouvait les supporter. Ma ruse a bien marché, son air sévère s'est un peu adouci. C'était étrange car au début je pleurais juste pour l'attendrir, mais plus je pleurais, plus la crainte m'envahissait. J'avais fumé, bu de l'alcool et éprouvé ces drôles de démangeaisons, personne ne m'avait appris que c'était mal mais je sentais que j'avais bravé un interdit et cela m'effrayait. J'avais l'impression d'avoir franchi la ligne interdite, comme on disait dans les magazines. Bongsun m'a regardée pleurer amèrement, pleine de compassion.

— Pleure pas, Jjang-a, mais à partir de maintenant tu mets plus jamais les pieds chez Mija. Tu sais, c'est une mauvaise fille pas très fréquentable. C'est d'accord ?

Je ne comprenais pas ce que signifiait « mauvaise fille » mais j'ai hoché vigoureusement la tête.

Ce soir-là, Bongsun n'est pas sortie. Elle a posé notre vieille planche à laver sur une marche d'escalier de la ruelle devant chez nous, elle m'a fait asseoir près d'elle et a commencé à raconter une histoire comme avant :

— … Et donc la fillette va aux latrines… Mais…

L'obscurité et la fraîcheur ont gagné petit à petit la ruelle, et les enfants qui attendaient le retour de leurs parents du marché se sont rassemblés les uns après les autres autour de nous. Bongsun les a tous fait asseoir et a continué à raconter son histoire. C'était une nuit d'été où virevoltaient frénétiquement autour des réverbères au large abat-jour, pareil à un chapeau conique, des nuées d'éphémères aussi petits que des grains de sésame.

— … Mais une fois qu'elle a fini ce qu'elle avait à faire, le pantalon baissé, elle se rend compte qu'elle a oublié le papier toilette. Pendant qu'elle hésite sans savoir quoi faire, une main rouge jaillit brusquement du fond noir des latrines… Et une voix lui demande : « Tu veux du papier rouge ou du papier bleu ? »

Ah, pourquoi Bongsun ne racontait-elle que des histoires qui faisaient peur ? A cette pensée je me suis rapprochée d'elle, mais un garçon lui a lancé après avoir craché un coup :

— C'est trop banal, ça. Raconte-nous plutôt quelque chose de vraiment horrible.

J'ai regardé son visage. Il devait avoir à peine un ou deux ans de plus que moi... Pourtant il n'avait pas du tout l'air apeuré. J'ai épié aussi l'expression des autres enfants. Comment se faisait-il que leurs visages, faiblement éclairés par la lumière des réverbères suspendus aux poteaux électriques, ne manifestent aucune frayeur ? Alors moi aussi je me suis écartée de Bongsun, j'ai pris un air dégagé et j'ai réclamé avec arrogance :

— Il a raison, raconte-nous quelque chose de plus effrayant que cette histoire banale !

Hélas, cette nuit-là, j'ai fini par faire pipi dans mon lit. Un besoin pressant m'a réveillée et je n'ai pas vu Bongsun à côté de moi. J'ai pensé aux latrines, pour y aller il fallait traverser la cour, mais je me suis finalement recouchée. J'avais peur que cette fameuse main ne jaillisse du creux de la fosse. Je me suis rendormie et toute la nuit j'ai rêvé de cette main rouge qui sortait du fond noir des latrines ; quand j'ai ouvert les yeux, j'ai senti l'humidité sous mon corps et j'ai vu que le matelas était trempé.

Bien sûr, c'est Bongsun qui a tout arrangé avant que ma mère ne découvre cet accident. Elle a attendu que ma mère sorte pour étaler le matelas sur la corde à linge dans la cour, en plein soleil, et m'a dit avec un sourire complice :

— Ça va comme ça ? Maintenant je vais aller au marché.

Je n'ai rien répondu.

— Je mens pas, je vais réellement au marché et toi tu dois absolument rester à la maison. Si jamais ta maman arrive avant moi, tu lui dis que je suis allée au marché. Quelle que soit l'heure où ta maman rentre, tu lui dis que je viens de sortir, d'accord ?

Je ne lui ai pas répondu. Mais Bongsun semblait convaincue que j'étais de son côté et elle est sortie. Moi je suis restée dans la cour où le soleil dardait ses rayons éblouissants. La crainte m'a envahie à nouveau mais je me suis dit que ça ne servait à rien d'avoir peur, maintenant que Bongsun n'était plus là pour me consoler. Je suis rentrée et j'ai pris dans sa chambre un ancien manuel scolaire de mon grand frère.

J'ai ouvert un cahier que ma mère avait soigneusement relié à l'aide d'un fil métallique noir – il était à mon frère et je n'avais pas le droit d'y toucher – et j'y ai copié les textes du manuel : *Cheol-su, viens jouer avec moi, Yeong-hui, dépêche-toi de venir jouer avec moi… Baduk, toi aussi viens jouer avec moi.* En plein travail de copie, mon crayon s'est cassé. J'ai commencé à m'ennuyer, m'ennuyer, m'ennuyer, au point de déprimer. Je me suis alors assise devant le piano et j'ai appuyé sur des touches au hasard puis j'ai fermé violemment le couvercle dans un grand clac. J'ai quitté la maison vide et je suis allée chez Mija. Cette fois, elle n'a même pas pris la peine de cacher la cigarette qu'elle était en train de fumer et me l'a tendue avec désinvolture. Je l'ai terminée jusqu'au bout en recrachant la fumée blanche qui montait en colonne ; c'était comme un rituel que je ne pouvais refuser et qui me donnait la sensation de pousser la porte d'un jardin défendu. Mija feuilletait un magazine, puis elle s'est adressée à moi comme si elle venait de rencontrer une interlocutrice intéressante :

— Est-ce que tu connais la différence entre l'avion de Korean Air et celui de l'aéroport de Gimpo ?

Moi qui n'avais vu d'avions que dans des albums illustrés, j'ai secoué la tête.

— La grand-mère et le grand-père propriétaires de cette maison arrivent ici séparément depuis Gwangju. Ils sont vraiment bizarres. La grand-mère prend toujours l'avion de l'aéroport de Gimpo tandis que le grand-père prend celui de Korean Air. On prend l'avion de l'aéroport de Gimpo à l'aéroport de Gimpo et celui de Korean Air à Seosomun, mais les ignares croient que tous les vols partent de l'aéroport de Gimpo… Moi je les ai pris tous les deux et j'ai préféré celui de l'aéroport de Gimpo… Voler dans cette immense plaine, j'ai trouvé ça très agréable… Dans l'avion de Korean Air, je me suis sentie étouffer…

Je me suis alors rappelé un panneau de Korean Air où était dessiné un grand avion, il se trouvait à l'entrée de la route surélevée de Seosomun ; je l'avais vu lors du tour en taxi avec mon père. Je me suis dit : « Ah, c'est donc là qu'on prend l'avion de Korean Air, mais on ne m'avait pas dit que mon père avait plutôt utilisé l'avion de l'aéroport de Gimpo en rentrant des Etats-Unis ? » Mija savait vraiment beaucoup de choses. Du coup, tout ce que Bongsun m'avait raconté jusque-là m'a paru insignifiant. D'ailleurs cette dernière ne prononçait même pas correctement le mot « avion » et, bien évidemment, elle n'y était jamais montée, j'en étais convaincue.

— Tu sais comment une femme et un homme fabriquent un bébé ? m'a demandé encore Mija.

— …

— En fait, l'homme perce le truc de la femme. Alors l'enfant sort par ce trou.

Elle a levé son index et a fait le geste de percer quelque chose. Je ne comprenais pas un traître mot de ce qu'elle disait mais j'ai hoché doucement la tête.

— Au fait, ma petite, est-ce que ta maman va vraiment aider Byeong-sik à monter une teinturerie à l'occasion du mariage de Bongsun ?

J'ai secoué la tête. Je ne savais pas ce que ma mère avait décidé. Mija a penché légèrement la tête d'un air perplexe, puis a murmuré :

— C'est bizarre. Byeong-sik a vraiment l'air d'y croire…

20

Cette nuit-là, alors que je faisais semblant de dormir, Bongsun s'est redressée discrètement, puis elle a approché son visage du mien. C'était sûrement pour vérifier si je dormais. Pour ne pas la laisser partir, j'ai brusquement ouvert les yeux sur les siens, instantanément frappés de stupeur.

— *Aïgo*, tu m'as fait peur ! Pourquoi tu dors pas encore, allez, dépêche-toi de t'endormir.

— C'est parce que tu te lèves souvent, ça m'empêche de dormir.

— Je vais aller aux cabinets et si tu gardes les yeux bien fermés, je reviendrai vite.

— Ne mens pas.

— Je t'ai dit que c'est vrai, j'ai mal au ventre. Je vais aller aux cabinets et je reviens tout de suite.

— Mensonge ! Je sais que tu vas sortir par le portail.

Je n'avais plus envie de m'endormir toute seule. Bongsun m'a fait une grimace effrayante.

— Si tu continues à être têtue comme ça, ce vieux marchand de peaux de lapins va venir te chercher.

— Dis-lui de venir. Si jamais il est là, c'est toi qui traînes dans la rue au lieu de dormir qu'il va attraper en premier.

Sur ce, je lui ai lancé le regard le plus méchant que je pouvais. J'avais peur de ce vieux marchand dont Bongsun parlait mais moins que de la silhouette noire d'une branche d'arbre ressemblant à la main d'un monstre que je découvrirais en me réveillant seule au milieu de la nuit, ou de ce visage bleu que j'imaginais sortir du plafond. Me voyant déterminée et plus triste que jamais, Bongsun a dû être un peu troublée ; elle a cessé de faire gonfler, à l'aide de son peigne fin, ses cheveux coupés au carré – peu de temps auparavant elle les avait fait couper en cédant à la demande insistante de ma mère et d'une marchande ambulante de perruques – et a hésité un moment.

— J'ai gardé beaucoup d'enfants mais j'en ai jamais vu qui dormaient aussi peu que toi. Très bien, ce soir je fais une exception, tu viens avec moi. Mais tu le diras à personne, c'est un secret entre nous, d'accord ?

— D'accord.

Couchée en débardeur et culotte, je me suis levée d'un bond et habillée à la hâte avant de sortir derrière Bongsun. J'étais encore plus heureuse que lorsque nous accompagnions tous mon père pour aller dîner au centre-ville ; aussi excitée que si je partais à l'aventure dans un monde inconnu. La ruelle en pente était presque déserte. Quand elle croisait les rares hommes qui rentraient tard chez eux, Bongsun marchait collée au mur, la tête profondément baissée. C'était la première fois que j'empruntais cette ruelle si tard. Comme un lieu connu pouvait se révéler différent selon le moment ! J'étais aussi joyeuse que si j'allais pique-niquer dans un pays étranger.

En bas de la ruelle, il y avait un point d'eau aménagé pour le public, bordé d'un peuplier, et Bongsun s'est arrêtée devant une construction provisoire pareille à une petite boîte qui régulait l'eau. Sans doute à cause de la proximité du point d'eau, l'atmosphère était humide et exhalait la puanteur des égouts. Le ciel nocturne était très bas et on ne voyait pas d'étoiles. Une légère brume recouvrait la ville.

Tout à coup une voix a retenti :

— Ehhh !

Peu après, le dénommé Byeong-sik, le jeune employé de la teinturerie, a fait son apparition comme je l'avais supposé. Il portait une chemise rouge satinée dont il avait laissé ouverts les trois boutons du haut et un pantalon noir très moulant dont la ceinture montait à peine jusqu'à son bassin. Chaque fois que je passais avec Bongsun devant la teinturerie, il exposait son torse nu bien musclé en manipulant le fer à repasser qui dégageait bruyamment des bouffées de vapeur, et lorsque son regard croisait celui de Bongsun, il affichait un air narquois sur son visage couvert d'acné pareil à un ananas de mer. Oui c'était bien ce jeune homme.

En le voyant de près, j'ai enfin compris pourquoi les gens le surnommaient « Tête de cheval », car sa nuque prolongeait en ligne directe sa grande tête. Il a paru surpris de me découvrir puis a repris ses grands airs, une épaule appuyée contre le mur. Calant une cigarette entre ses lèvres, il a fait un signe du menton vers Bongsun. Alors celle-ci a sorti rapidement d'une poche de sa jupe une allumette de la marque Chameau et a mis le feu à sa cigarette.

— Fais ça correctement, tu as failli brûler mes cheveux, s'est énervé tout à coup Byeong-sik en donnant un coup de poing sur la tête de Bongsun.

Bongsun a frotté sa tête douloureuse et malgré tout, j'ignore bien pourquoi, elle a ri en découvrant ses gencives.

— Qu'est-ce qui te fait rire, sale garce ?

Sur ce, Byeong-sik m'a jeté un coup d'œil rapide de ses yeux de serpent et a rigolé lui aussi. Je savais que ma grande sœur Bongsun rencontrait chaque nuit ce jeune homme couvert d'acné surnommé Tête de cheval, mais en voyant de près son comportement grossier, la déception m'a laissée pantoise. Il n'était ni beau ni cultivé et il la traitait comme ma mère ne l'avait jamais fait. Bongsun avait beau faire brûler le riz ou les linges qu'elle faisait bouillir, ma mère ne lui avait jamais donné un coup sur la tête. Mais ce jeune homme la frappait pour un rien et Bongsun rigolait d'un air content. Sur les vitres de la teinturerie était écrit *Blanchisserie, nettoyage à sec et rapiéçage* et je ne comprenais pas ce que signifiait « rapiéçage ». J'avais donc décidé de le demander le jour où je rencontrerais le jeune homme mais cette envie s'était évanouie.

21

J'ai tiré Bongsun par la main. Elle a serré fort la mienne pour me dire de ne pas bouger. J'ai levé la tête vers elle mais son regard caressait le visage du jeune homme avec un désir ardent. On aurait dit qu'elle avait complètement oublié ma présence. J'ai commencé à regretter de l'avoir suivie dans cette nuit noire comme l'encre.

— Où t'es allé hier ? J'ai seulement vu le patron qui travaillait dans la teinturerie.

— Hé, ma biche, est-ce que tu veux qu'un homme digne de ce nom reste enfermé toute la journée dans une teinturerie ? a répliqué le jeune homme en bombant le torse comme un coq. Je suis allé à Suwon. Là-bas, y a des gars qui m'obéissent au moindre claquement de doigt. Et pourquoi tu veux le savoir ?

Bongsun avait pris un air admiratif en apprenant qu'il avait autant de garçons sous ses ordres.

— T'aurais dû m'en parler avant d'y aller.

— Pauvre pétasse, tu crois qu'un homme a besoin de l'autorisation d'une fille pour bouger ? J'ai dit à mes gars de trouver un endroit pour ouvrir un pressing car j'allais venir m'y installer bientôt avec ma fiancée. Alors de quoi tu te plains ?

Il a toisé Bongsun avec arrogance tout en aspirant la fumée de la cigarette coincée entre son pouce et son index. Touchée au cœur par les mots « ma fiancée », Bongsun semblait à deux doigts de fondre en larmes de bonheur ; mais sans doute écrasée par la responsabilité que suggéraient ceux d'« ouvrir un pressing », sa mine s'est rapidement assombrie.

— Au fait, cette gamine, nous devons la traîner toute la nuit ? a-t-il demandé, les yeux posés sur moi.

Bongsun s'est tournée vers moi d'un air bien embêté. Sa main toujours dans la mienne, je fixais son visage. Il semblait dire : « Oui, Jjang-a, maintenant il est temps, tu dois nous laisser seuls. » Comment pouvait-elle se comporter ainsi avec moi ? Elle ne pouvait pas me faire ça, moi qui l'avais suivie en sacrifiant mon sommeil ! Me sentant trahie, j'ai esquissé une grimace, les lèvres serrées et le regard dur, pour lui faire comprendre que si jamais elle avait l'intention de me faire partir, j'allais brailler de toutes mes forces.

— Bon, bon, fais comme tu veux, cette nuit, t'as qu'à passer du bon temps avec cette petite, a lancé le jeune homme avec insolence, puis il a jeté sa cigarette d'un geste nonchalant avant de s'étirer. Quant à moi, je vais rentrer me coucher. Ah, quelle belle nuit!

— Attends, attends-moi une minute, a répondu Bongsun d'une voix abattue mais chargée de supplication, après avoir tour à tour posé un œil sur moi puis sur son homme. Je vais la ramener chez elle et je reviens vite.

— Tu veux que j'attende? Bon, d'accord. En revenant, achète-moi une boisson fraîche, j'ai la gorge sèche.

Bongsun m'a entraînée sans prononcer un mot. Le visage déformé par une moue de colère, je n'ai eu d'autre choix que de remonter l'escalier derrière elle.

— Tâche de revenir vite, je déteste attendre! a lancé derrière nous la voix du jeune homme.

Arrivée à notre portail, Bongsun l'a ouvert doucement avant de me pousser à l'intérieur.

— Allez, entre vite, je vais revenir tout de suite.

— …

— Allez, je t'ai dit de rentrer!

— …

— Jjang-a, tu m'écoutes? Vas-y! Sinon ton pipi au lit la dernière fois et quand t'es allée chez Mija… Tu comprends ce que je veux dire?

Bongsun, les lèvres pincées, me faisait les gros yeux. Je restais plantée là sans bouger ni dire un mot.

Elle s'est dépêchée de faire demi-tour puis, sans doute inquiète, elle s'est arrêtée pour se retourner vers moi, on aurait dit une mère qui s'enfuit en pleine nuit en coupant le ruban de sa veste de *hanbok* auquel son enfant s'agrippait de toutes ses forces. Finalement je suis rentrée à la maison, j'ai regagné ma chambre vide et je me suis recouchée. Je ne l'avais pas dénoncée à ma mère quand elle m'avait laissée me noyer dans le bassin du grand bain public, j'avais peur qu'elle se fasse gronder. Je n'avais pas dit non plus qu'elle sortait souvent la nuit discrètement en me laissant toute seule malgré ma peur, ni qu'elle utilisait les produits de beauté de ma mère à son insu avant de lisser leur surface du doigt pour ne pas laisser de traces. Je croyais qu'il y avait une promesse tacite et de l'amour entre nous. Mais elle venait de me faire du chantage, c'était puéril de sa part. J'ai remonté la couverture jusqu'à ma tête pour pleurer un peu puis j'ai murmuré en hoquetant : « Tu n'es qu'une idiote qui ne sait même pas distinguer un avion de Korean Air d'un avion de l'aéroport de Gimpo… Une idiote qui a franchi la ligne interdite avec ce Byeong-sik ou je ne sais qui. Tu n'es qu'une bonne, une bonne qui vit aux crochets de ma famille… »

22

Désormais, je passais davantage de temps avec mon père. La Toyota Crown offerte par son entreprise était noire, flambant neuve et chic. Mon père avait son chauffeur du lundi au vendredi mais le week-end il conduisait lui-même et nous emmenait partout. Lui qui avait dit un jour qu'il avait eu du mal à retirer la clé au moment de vendre sa voiture à la fin de ses études aux Etats-Unis, car il se demandait quand il pourrait à nouveau en avoir une, il n'avait plus du tout l'air malheureux à présent. Il avait aussi cessé de murmurer d'une voix triste que les gens étaient devenus plus durs. Ses cheveux gominés repoussés en arrière, il m'achetait tout ce que je voulais.

Mon père semblait décidé à devenir un chef de famille à l'occidentale. Il avait acheté un piano et m'avait envoyée prendre des cours chez un professeur. Il avait promis de me donner cinq wons si je jouais du piano chaque matin au réveil. Alors tous les matins je pianotais à contrecœur pour gagner cette somme, et mon père avait l'air heureux que le son du piano résonne dans notre maison. De temps en temps, vers la fin de l'après-midi, nous revêtions nos plus beaux habits, je mettais mes chaussures noires ornées d'un ruban de velours, et nous attendions impatiemment le coup de fil de notre père. Puis nous allions tous ensemble dîner dans le centre-ville.

Pendant que mon père était aux Etats-Unis, il nous arrivait parfois de dîner tôt et d'aller voir des films d'horreur au cinéma de Bongnae. Ces fois-là, non seulement ma mère mais aussi Bongsun s'habillaient avec soin avant de sortir. Mais à présent les choses se présentaient différemment. Quand mon père nous a proposé pour la première fois d'aller dîner au centre-ville, Bongsun, tout excitée, a revêtu sa nouvelle tenue. Mais ma mère lui a dit :

— Si tu viens avec nous toi aussi, qui va garder la maison ?

Les traits de Bongsun se sont crispés et elle a fléchi la tête. Elle avait la même expression déçue que lorsqu'elle s'était aperçue qu'il n'y avait pas de cadeau pour elle, le jour du retour de mon père des Etats-Unis. Puis elle a demandé d'une petite voix presque suppliante :

— Madame, est-ce que moi aussi je peux venir avec vous ? La voisine a dit qu'elle pouvait garder la maison… La prochaine fois, je ne vous suivrai pas… Seulement cette fois…

Mais ma mère a tranché fermement :

— Habille Jjang-a de sa nouvelle robe !

Bongsun est restée debout un moment, le regard fixé sur un coin déchiré du revêtement de sol en papier, puis elle a enlevé tristement ses vêtements de sortie.

Etait-ce vraiment parce qu'elle devait garder la maison que ma mère ne l'avait pas emmenée ? Aujourd'hui je sais qu'il s'agissait d'un mensonge. Car avant le retour de mon père, quand nous sortions le soir, Bongsun venait toujours avec nous. Nous n'avions qu'à préparer un dîner pour notre vieille voisine ; celle-ci nous avait dit qu'il suffisait de lui allumer la télé que nous venions d'acheter pour qu'elle garde la maison toute la nuit sans problème.

Ce fameux soir où ma famille a fait sa première sortie avec mon père, Bongsun, debout devant notre portail, a agité la main pendant très longtemps. Certes, elle était lente et maladroite pour tout ce qui était manuel, comme le faisait toujours remarquer ma mère, mais elle était travailleuse, douce et avait le cœur généreux. Telle était ma chère sœur Bongsun.

Elle avait tellement envie de venir avec nous, de monter dans la magnifique voiture noire de mon père ! Cette pensée m'a effleurée mais je n'ai rien dit. Je n'ai pas non plus demandé à ma mère si Bongsun faisait vraiment partie de notre famille, mais ma mère a murmuré en me saisissant la main, sans même que je lui pose la question :

— J'ai été trop gentille avec cette fille et voilà, maintenant elle se croit tout permis… Mais qu'est-ce qui lui est passé par la tête pour oser demander de venir avec nous ? Oh vraiment, elle se prend pour qui ? Il ne faut pas que je lâche trop de lest, ça pose problème…

Depuis notre emménagement dans ce quartier, j'avais appris beaucoup de choses : que, par exemple, quand on avait de l'argent, on pouvait acheter une maison comme on achète un bonbon ; mais que quand on n'avait pas d'argent, on pouvait être chassé de son logement ; et même que les gens comme Mija, Jeong-ja ou Bongsun, on pouvait les acheter avec de l'argent. Désormais mon père n'était plus malheureux puisqu'il était à nouveau en mesure de conduire une voiture ; quant à ma mère, elle était devenue l'une de ces personnes aisées dont elle avait dit un jour : « Plus les gens ont de l'argent, moins ils sont charitables », et en effet, elle semblait bien impitoyable.

Mais tout comme j'avais éprouvé du chagrin d'être traitée de foutue fille de propriétaire sans comprendre ces mots, Bongsun était triste de ne pas pouvoir venir avec nous sans vraiment en saisir la signification. Nous étions chacune engagées dans des directions opposées mais nous étions toutes deux malheureuses, telle est l'impression que j'avais. Qui diable avait fixé de telles règles et depuis quand ? J'ai marché un moment, ma main entraînée par celle de ma mère, puis je me suis retournée. Bongsun s'est défait de son air abattu, elle a serré les lèvres et évité mon regard avant de rentrer à la maison en fermant violemment le portail derrière elle.

23

C'est quelques jours plus tard que la vie de ma famille a été bouleversée. La bague de diamant que ma mère avait achetée avec l'argent d'un nouveau *gye* a disparu. Craignant un cambrioleur, elle ne l'avait pas cachée dans sa coiffeuse mais l'avait enveloppée grossièrement dans un vieux journal pour faire croire qu'il s'agissait d'un objet sans valeur, et l'avait mise dans l'armoire entre les couvertures. Elle a fouillé et refouillé tout le meuble, puis elle a sorti toutes les couvertures et les a même ôtées de leurs housses.

— Je suis certaine de l'avoir mise entre les plis de la couverture légère aux motifs de fleurs, mais où ai-je la tête ?

Toute la journée, ma mère a marmonné ainsi telle une démente. Elle est restée assise un moment sur le tas de couvertures sans housses, puis, tout en repoussant en arrière ses cheveux auxquels étaient accrochés des fragments de coton blanc, elle nous a appelés l'un après l'autre, ma sœur, mon frère et moi, pour nous poser la question : « Tu ne l'as pas vue, tu ne l'as vraiment pas vue ? » Puis, comme si elle venait de s'en souvenir, elle nous a demandé :

— Où est Bongsun ?

Après le déjeuner, Bongsun avait disparu. Sans doute faisait-elle encore les cent pas devant la teinturerie mais je n'ai rien répondu. Vers l'heure où il fallait préparer le dîner, Bongsun a poussé doucement le portail pour ne pas faire de bruit et a pénétré dans la cour. Ma mère, qui était en train de fouiller le placard de la cuisine, a demandé en la voyant enfin :

— Bongsun, tu n'as pas vu ma bague de diamant ?
— Bague de diamant ?
— Tu sais, il y a quelque temps, j'ai... Non, inutile, je crois que tu ne peux pas savoir...
Ma mère semblait plongée dans ses pensées et elle n'a plus abordé le sujet ce soir-là. Mais le lendemain matin elle a pris le téléphone, qui venait tout juste d'être installé chez nous, et a appelé quelqu'un ; peu après, la mère d'Eob – c'est comme ça qu'on l'appelait –, une amie d'école de ma mère, me semble-t-il, est arrivée à la maison ; elle était vêtue d'une robe bleu vif et s'abritait sous une ombrelle jaune.
— Eh bien, je suis spécialiste dans ce domaine, alors laisse-moi faire. D'abord, va chercher cette fille. Tu sais, la dernière fois, quand la bonne chez la mère de Neobchi lui a volé une bague de rubis et un collier de perles, c'est moi qui les ai retrouvés. Qu'est-ce que tu attends, dépêche-toi d'aller la chercher !
— Tout de même, je la considère un peu comme ma fille... Elle est lente et stupide, c'est vrai, mais elle n'est pas du genre à faire une chose pareille.
— Comment peux-tu faire confiance à quelqu'un qui n'est pas de ta famille ? Tu dois savoir que le monde a changé... D'ailleurs, tu dis ça maintenant, mais si tu m'as appelée, c'est que tu as des doutes, non ? Pour ce genre de choses, il faut agir vite, j'ai peur que ce soit déjà trop tard.
Ma mère avait l'air très perturbée. Elle semblait hésiter en se demandant si elle avait raison de soupçonner Bongsun, mais finalement, décidée à suivre l'avis de la mère d'Eob, elle m'a appelée :
— Jjang-a, va chercher Bongsun.
Ma sœur et mon frère étaient à l'école ; je jouais seule à la dînette dans un coin de la cour en écoutant

la conversation entre ma mère et son amie. J'ai levé la tête à l'appel de ma mère mais toutes deux se dirigeaient déjà vers notre chambre, à Bongsun et moi. Par la porte entrouverte, je les ai vues fouiller dans la vieille valise de Bongsun, feuilleter les cahiers où elle avait copié des paroles de chansons de Lee Mi-ja et mettre sens dessus dessous le baluchon de ses sous-vêtements.

— Qu'est-ce que tu fais là ? m'a crié ma mère alors que je regardais dans la chambre, déconcertée. Je t'ai dit d'aller chercher Bongsun.

Je suis restée là un moment, l'air boudeur, mais je n'avais pas le choix, je suis sortie de la maison. Des enfants du quartier jouaient comme d'habitude dans la ruelle ; un chat de gouttière perché sur un toit, qui s'apprêtait à sauter sur un toit plus bas, s'est arrêté net à l'instant où ses yeux ont croisé les miens, puis il a disparu dans un miaulement. Etrangement, j'avais le cœur qui battait la chamade. Je me sentais impuissante à lutter contre le mauvais pressentiment qui m'envahissait, le courant inconnu qui m'entraînait. Les affaires de Bongsun qui venaient d'être complètement retournées par les mains de ma mère et de son amie, comment dire, me donnaient l'impression d'être les dépouilles d'un gibier pris au piège. Tous mes sens étaient à l'affût tel un requin qui a senti l'odeur du sang. J'en avais des haut-le-cœur, comme si j'avais mangé trop de graisse. C'est pour ça que je me suis rendue chez Mija et lui ai demandé une cigarette, au lieu d'aller chercher Bongsun.

— Oh, mais quelle gamine insolente tu es ! s'est exclamée Mija en faisant claquer sa langue avec étonnement, tout en allumant ma cigarette.

Voir une fillette de quatre ans en train de fumer d'un geste habile, la mine soucieuse, j'imagine quelle était sa stupéfaction. Au coucher du soleil, lorsque je suis rentrée, ma sœur qui révisait dans la chambre près du portail a tendu la tête dehors, un crayon entre ses lèvres, et m'a fait un signe de main :

— Ne t'approche pas de la chambre des parents. Maman nous a dit de rester ici.

Au lieu de répondre, j'ai jeté un coup d'œil à la porte fermée de leur chambre, d'où s'échappait la voix perçante de la mère d'Eob.

— Allez, vite, dis-moi !

Peu après, j'ai perçu la voix plus basse de ma mère en train de sermonner Bongsun, puis un silence. Ignorant la recommandation de ma sœur, j'ai traversé la cour en ciment et je me suis assise sur le *taetmaru* devant ma chambre.

— Comment ça, non ? s'est écriée la mère d'Eob. Si ce n'est pas toi, qui d'autre dans cette maison ferait une chose pareille ? Non, ça ne se passera pas comme ça, dois-tu être sévèrement punie pour avouer ? Lève-toi, petite obstinée. Je t'ai dit, debout !

Un silence.

— Tout compte fait, a repris la mère d'Eob, tu as une apparence gentille et docile mais en réalité tu caches un caractère coriace. Tu sais, moi je suis très différente de ta gentille patronne. Je suis au courant de tout, je sais comment elle t'a recueillie, alors tu ne devrais pas te conduire comme ça avec elle, ce n'est pas bien ce que tu lui as fait. Tu ne dis toujours rien ? Il faut qu'on te mette en prison pour que tu te ressaisisses ?

— Non, je vous ai dit que c'est pas moi.

— Dans ce cas, prouve-le. Donne-moi des preuves que ce n'est pas toi.

— Si c'est pas moi, c'est pas moi, c'est tout, comment vous voulez que je le prouve ? Si j'avais volé, alors je pourrais vous le prouver.

— Bon d'accord, comme tu persistes à nier, je veux juste te demander une dernière chose. Allez, déshabille-toi.

La voix de la mère d'Eob qui reprenait aussitôt après celle, lente et maladroite, de Bongsun était tellement aiguë et distincte que j'ai pu tout comprendre immédiatement. Or cette voix bien articulée lui ordonnait de se déshabiller.

— Allez, enlève tes vêtements, c'est pour prouver ton innocence, alors pourquoi tu n'obéis pas ? Je t'ai dit de te déshabiller.

— Madame, pourquoi vous insistez ? Je vous ai dit que c'est pas moi. Arrêtez de m'embêter avec ça.

— Si tu continues comme ça, je te dénonce à la police. Tu veux aller en prison alors que tu es encore si jeune, comment trouver un mari après ?

— Je vous ai dit que je sais rien. Je sais même pas comment il est, ce diamant ou ce démon ou je sais pas quoi, alors qu'est-ce que vous voulez que je vous dise ?

— C'est pour ça que je t'ai demandé de te déshabiller. Une fois que tu seras nue, on va le savoir. Allez, dépêche-toi.

— Mais pourquoi vous me traitez comme ça ? Ah vraiment… madame, qu'est-ce que je vous ai fait ?

J'ai entendu les sanglots de Bongsun, suivis par les soupirs de ma mère et de son amie. Puis un silence de mort a régné dans la chambre. Mais j'avais l'impression que le papier blanc de la porte, qu'on avait changé l'automne dernier et sur lequel on avait collé des feuilles d'érable en guise de décoration, se tendait et enflait dangereusement.

Un moment plus tard, des murmures se sont fait entendre à travers la porte puis un bruit a brisé la tension devenue irrespirable. Bongsun, presque nue – elle avait juste enfilé sa culotte grossière sans même avoir correctement remis son élastique dans la précipitation et dissimulait à peu près son torse avec le reste des vêtements –, venait de pousser la porte. Elle a traversé le grand *maru* à larges enjambées, et ce morceau de chair blanche dans mon champ de vision, pourquoi m'a-t-il paru particulièrement impressionnant ce jour-là, je ne saurais le dire. En tout cas, alors que nous prenions tout le temps notre bain ensemble et dormions dévêtues dans la même chambre, face à ce corps soudain effrayant, j'ai baissé la tête. Etrangement, tout mon être tremblait d'effroi.

Je me suis ratatinée telle une poule déplumée. Mais Bongsun ne m'a pas accordé un regard. Elle s'est empressée de regagner notre chambre commune, a fermé la porte derrière elle, et peu après ses sanglots ont retenti. Elle devait pleurer couchée à plat ventre. C'était la première fois que j'entendais ses pleurs. Elle n'était pas du genre à fondre en larmes facilement, même quand elle se faisait sévèrement réprimander par ma mère. Il lui arrivait de pleurnicher un peu mais dès que je lui faisais des chatouilles, elle se mettait aussitôt à rire. Et cette Bongsun-ci était en train de pleurer à moitié nue avec l'élastique de sa culotte tout tordu d'avoir été remonté précipitamment sur sa hanche. Une masse de chair blanche pleurait.

Je suis demeurée assise, immobile, sur le *taetmaru*. Les membres tétanisés, j'étais incapable de bouger. Mes yeux devenus aussi inanimés que ceux d'une poupée restaient fixés sur un coin de la cour. Le rouge violacé des zinnias se rapprochait, s'éloignait, avant de finir par devenir opaque. Les pétales pourpres des volubilis qui s'étaient ouverts ce matin avant de se faner, ceux de la sauge rouge sang dont je suçais le miel des étamines, semblaient se disperser dans l'air mais eux aussi sont devenus opaques comme s'ils étaient enveloppés de brouillard.

J'avais du mal à croire que ma mère avait fait déshabiller Bongsun qui était devenue déjà une jeune fille, qui plus est devant la mère d'Eob, elle avait beau être son amie, c'était tout de même une étrangère, et ce n'était pas pour chercher des poux ou se laver au bain public. J'y avais assisté de mes propres yeux, et malgré tout cette histoire me paraissait incroyable.

Quelques instants plus tard, la mère d'Eob est sortie de la chambre, son sac à la main, et a enfilé ses chaussures posées sur la marche en pierre.

— C'est pour ça que je t'ai dit qu'il aurait fallu la cuisiner dès hier, a-t-elle lancé en claquant la langue par sympathie pour ma mère, mais là il est trop tard, c'est fichu. Quelle ingrate elle est, remercier ainsi sa bienfaitrice, alors que tout le monde sait avec quelle gentillesse tu l'as recueillie. Enfin, tu es trop gentille, c'est pour ça qu'elle se croit tout permis.

24

Le soir venu, Bongsun, qui était restée enfermée dans notre chambre, en est sortie, les paupières gonflées à force d'avoir pleuré. Sans mot dire, elle est allée prendre du riz dans la remise, l'a préparé pour le faire cuire, est allée à la terrasse des jarres chercher de la pâte de soja fermentée pour en faire un ragoût et elle a même fait du *nurungji,* une croûte de riz, au fond de la marmite. Ma mère était si bouleversée qu'elle n'a pas voulu quitter sa chambre pour venir dîner, et seuls ma sœur, mon frère et moi avons mangé avec Bongsun autour de la table basse. Je n'osais pas la regarder en face, je lui jetais juste des coups d'œil furtifs en faisant semblant de piocher dans le plat avec mes baguettes ; la bouche pleine, elle mâchonnait comme un ruminant. Ce soir de silence général, j'ai traîné délibérément jusque tard devant la télévision dans la chambre de mes parents, craignant que ma présence ne dérange Bongsun. Puis, quand le sommeil s'est abattu sur moi, je suis enfin retournée dans notre chambre. Bongsun était couchée, la couverture tirée jusqu'à la tête. J'ai signalé ma présence et je me suis allongée à côté d'elle mais elle m'a ignorée. Son dos sous la couverture semblait exprimer la détermination. Prise de pitié pour elle et redoutant les conséquences d'un événement aussi grave, j'étais à deux doigts de fondre en larmes et j'ai moi aussi remonté ma couverture jusqu'à la tête. Je n'arrivais pas à m'endormir. Nous sommes restées allongées ainsi côte à côte mais j'avais l'impression d'être à côté d'une étrangère. C'était la première fois que j'éprouvais un tel sentiment à son égard.

Lorsque je me suis réveillée en pleine nuit, Bongsun n'était plus là. Le matin est revenu et plusieurs jours ont passé, mais elle n'est pas rentrée. A la teinturerie, à la place de Byeong-sik, le propriétaire, un petit homme au crâne chauve, faisait le repassage dans des sifflements de vapeur, l'air maussade.

25

La mère d'Eob est revenue chez nous. Cette fois, elle portait une robe rouge sous son ombrelle jaune. Allongée sur le ventre dans ma chambre, j'étais en train de lire l'histoire d'une princesse en longue robe et d'un prince à cheval lorsqu'à travers un petit carreau de verre mis en place en dessous de l'anneau de la porte, j'ai regardé la cour. J'ai alors vu une jeune fille y entrer, presque cachée derrière les jupes de la mère d'Eob. Elle tenait contre sa poitrine un baluchon couleur d'amarante fanée et sa chemise verte au col tout usé était rustique et paraissait trop chaude. La mère d'Eob a posé une fesse sur le grand *maru* et, accablée par la chaleur, elle a vidé d'un trait un bol de *misutgaru*[1], puis a poussé un soupir en maugréant : « Satané quartier, pourquoi est-il si haut ? Quand je grimpe jusqu'ici, je suis trempée de sueur. »

La jeune fille, son baluchon toujours serré contre la poitrine, avait l'air désemparée. J'ai baissé rapidement les yeux et me suis replongée dans la lecture de l'album illustré. Ma mère disait que j'avais eu plusieurs fois des convulsions en pleine nuit depuis le départ de Bongsun. Une fois, j'avais les membres tellement tordus et les yeux si révulsés que ma mère, paniquée, m'avait prise sur son dos et avait couru jusqu'au service de pédiatrie Songnim près du pont Gulebang. Elle savait que la clinique serait fermée mais elle avait l'intention de frapper à la porte pour expliquer l'urgence de la situation. En cours de route, elle avait entendu quelqu'un l'appeler et lui dire : « Maman, j'ai froid, il pleut. » Tels étaient, paraît-il,

1. Poudre mélangée de céréales diluées dans l'eau froide.

les mots que j'avais prononcés. Alors elle avait levé la tête vers le ciel et en effet, il pleuvait, elle ne s'en était pas rendu compte. Après l'avoir prévenue, je m'étais endormie aussitôt comme si de rien n'était, tandis qu'abasourdie, ne sachant que faire, elle était restée au milieu du marché d'Ahyeon dont toutes les échoppes étaient fermées. Après cet épisode, il m'était encore arrivé pendant plusieurs nuits de suite de me réveiller, d'avoir des convulsions et de pleurer tout en me débattant, puis au matin, tout rentrait dans l'ordre, comme par enchantement. A vrai dire, je ne me souviens absolument pas d'avoir eu ces crises violentes, d'être allée à la clinique sur le dos de ma mère qui courait et de lui avoir dit qu'il pleuvait.

En disparaissant, ma sœur Bongsun avait prouvé sa culpabilité dans le vol de la bague de diamant ; mes parents, ma sœur, mon frère et tous les gens du quartier avaient ponctué de claquements de langue cette trahison. A même pas vingt ans, elle s'était enfuie avec un garçon de mauvaise réputation, quelle honte ! C'était une traîtresse, une voleuse et une dévergondée. En revanche, toutes les louanges revenaient à ma mère : c'était par pure bonté qu'elle avait recueilli, logé et nourri cette pauvre petite affamée et qu'elle ne l'avait pas dénoncée à la police. Du moins, c'est ce que disaient les gens du quartier. Aussi ne fallait-il surtout pas que cette traîtresse, cette voleuse me manque. Ces derniers temps, ma mère disait souvent qu'elle était soulagée de voir sa petite dernière si bien s'adapter à la vie sans Bongsun et qu'elle trouvait cela merveilleux parce qu'elle se faisait du souci pour moi qui avais grandi presque constamment à ses côtés. J'ai repris ma lecture là où je l'avais laissée : *Alors le prince, qui passait par là à cheval, demanda à ses sujets pourquoi cette princesse dormait.*

Ma mère a demandé à la jeune fille :

— Quel âge as-tu ?

La fille a baissé ses yeux humides et aussitôt des larmes en ont débordé. *La méchante marâtre a fait manger une pomme empoisonnée à notre gracieuse princesse. Elle ne se réveillera que si un prince qui l'aime sincèrement lui donne un baiser.*

— Tu as douze ou treize ans… ? a questionné la mère d'Eob avant de s'adresser à ma mère : C'est une parente éloignée de ma famille. La dernière fois que je suis allée à un mariage dans mon village natal, j'ai rencontré sa mère qui m'a demandé de trouver du travail à sa fille, n'importe lequel pourvu que cela lui permette de se loger et se nourrir, et si en plus elle pouvait apprendre un métier, tant mieux. Elle a proposé de la faire travailler dans une usine, mais je lui ai dit qu'il était hors de question de la mettre dans un tel endroit. Et je l'ai emmenée avec moi. Dans la zone industrielle de Guro nouvellement créée, il paraît qu'on fait tout pour attirer les jeunes, mais tu sais, les filles, une fois là-dedans, elles gâchent leur avenir…

— Est-ce que tu as beaucoup de frères et sœurs ? a demandé ma mère à la jeune fille en lui offrant un bol de *misutgaru*. Tes deux parents sont en vie ?

— Oh, ne m'en parle pas, j'ai pitié de sa mère, la pauvre, elle a mis au monde six filles avant d'avoir enfin un garçon. L'Etat fait des campagnes pour recommander de faire moins d'enfants mais les paysans font la sourde oreille, et même aujourd'hui ils attachent une telle importance aux garçons… Tsss, ils n'ont même pas un lopin de terre cultivable à transmettre, pourquoi diable tiennent-ils tant à avoir des fils… ? Ses parents, avec toutes ces bouches à nourrir, ils ont beau s'échiner au travail toute la journée, c'est comme s'ils versaient de l'eau dans une jarre trouée. Hé, qu'est-ce que tu attends, dépêche-toi de saluer ta patronne !

A ces mots, la jeune fille, qui se contentait de fixer le récipient de *misutgaru* qu'elle tenait à la main, a courbé son buste raidi, les yeux toujours baissés.

— Allez, assieds-toi, comment tu t'appelles ?

— Mi… Mi-kyeong… a-t-elle répondu enfin alors que jusque-là elle était restée la bouche close.

— Tu as déjeuné ?

— Ne t'inquiète pas pour ça, je lui ai acheté à manger avant de venir ici.

— Bon, d'accord, mais si tu as faim, tu me le dis quand même… Tu dois être triste d'avoir quitté ta famille à un si jeune âge mais que peut-on y faire ? Tout ça, c'est le destin. Si tu restes sagement chez moi et que tu apprends bien à travailler, je te trouverai quelqu'un de bien pour faire un bon mariage plus tard.

La jeune fille a gardé le silence. Elle avait l'air de vouloir dire quelque chose mais elle s'est ravisée et dès qu'elle a serré les lèvres, des larmes ont coulé de ses yeux ; elles dessinaient des taches noires sur ses joues sales.

— Allez, entre, mes deux aînés sont à l'école, ils vont revenir tout à l'heure, tu partageras une chambre avec ma petite dernière.

La jeune fille est entrée dans ma chambre à la suite de ma mère. J'ai aperçu ses épaisses chaussettes en coton blanc couvertes de crasse de bas en haut. Elle semblait avoir fait un long chemin sur une route poussiéreuse. Allongée sur le sol, je suis restée la tête plongée dans mon bouquin. *Comment peut-on infliger un tel sort à une princesse aussi ravissante ? Je vais essayer de la sauver.*

Désormais Bongsun ne pourrait plus revenir. Même si elle réapparaissait, elle n'aurait plus sa place ici. Elle avait beau être une traîtresse, une voleuse, comment ma mère avait-elle déjà pu oublier ma grande sœur alors qu'elle avait dit en revenant de chez ma tante, au milieu de la plaine de Moraenae, que Bongsun faisait partie de notre famille ? Comment pouvait-on laisser partir une personne proche et l'oublier aussi facilement ? Je n'ai pas levé la tête. *Le prince posa un baiser sur les lèvres de la ravissante princesse. Et que se passa-t-il ?*

— Jjang-a, que fais-tu ? Viens vite dire bonjour. Et toi, Mi-kyeong, repose-toi. Tout à l'heure tu prépareras le dîner. Allez, Jjang-a, lève-toi, voici Mi-kyeong.

Je n'avais pas le choix, je lui ai obéi.

Ma mère est sortie et je suis restée seule avec Mi-kyeong dans ma chambre. Elle n'a même pas pris la peine de promener son regard sur la pièce qui allait dorénavant devenir la sienne et s'est contentée de fixer la fenêtre qui donnait sur la ruelle d'un œil vague. Ses larmes de tout à l'heure, qui avaient fait des taches sombres sur son visage, étaient en train de sécher. Malgré son âge, elle était à peine plus grande que moi. Comme je la fixais, elle s'est assise lentement sur le sol. Maintenant une étrangère allait vivre avec moi dans cette chambre, une personne qui n'était ni mes parents, ni ma sœur, ni mon frère, ni mes tantes et oncles qui nous rendaient visite occasionnellement, ni Bongsun.

Mi-kyeong n'avait toujours pas lâché son baluchon et, quand nos regards se sont croisés, elle a cligné plusieurs fois ses grands yeux craintifs d'un air perdu. Elle avait de beaux yeux aux longs cils noirs. Elle devait sentir qu'elle n'était pas vraiment la bienvenue. Elle a tourné lentement la tête vers le mur. Effrayée par tout ce qui lui était inconnu en ce lieu étranger, elle a sangloté de plus belle en dissimulant son visage dans ses mains, comme si elle pensait qu'elle ne devait pas pleurer fort. Son petit dos maigre ressemblait à celui d'un bébé. J'ai repris ma lecture mais les gros caractères sont rapidement devenus flous. J'ai posé mon visage sur la tête de la princesse et j'ai pleuré moi aussi en silence. Bongsun me manquait.

26

Mi-kyeong n'a plus jamais pleuré après ce premier jour mais elle avait toujours ce regard perdu. Quand ma mère l'appelait alors qu'elle était en train de faire la vaisselle, elle sursautait en émergeant de ses rêveries et répondait « oui » avant de replonger aussitôt dans ses songes. Ma mère lui achetait parfois des vêtements, elle la remerciait mais elle ne les portait pas, elle se contentait de les ranger soigneusement dans son baluchon et s'obstinait à porter sa chemise verte qui lui donnait l'air campagnard. « Qu'est-ce que tu as fait des vêtements que je t'ai achetés, c'est quoi cette tenue ridicule ? » lui a plusieurs fois fait remarquer ma mère, mais au bout d'un moment elle a laissé tomber. Mi-kyeong avait l'air absent, même quand elle regardait la télévision dans la chambre de mes parents, et le soir, à l'heure du coucher, lorsqu'elle se retrouvait seule avec moi dans notre chambre, le regard toujours ailleurs, elle s'allongeait la tête vers le mur à l'opposé de moi.

Nous nous couchions chacune tournée vers un mur et couvrions d'une couverture nos dos froids avant de nous endormir. Puis un jour, alors que je lisais un album illustré, j'ai senti son regard sur moi. Comme je levais la tête, elle m'a fait un sourire presque imperceptible.

— T'as quatre ans, c'est ça? Tu ressembles trop à ma dernière petite sœur.

Ses yeux se sont embués aussitôt.

— Elle a grandi sur mon dos, elle est aussi mignonne que toi, Jjang-a. Si vous étiez ensemble côte à côte, on penserait que vous êtes sœurs jumelles.

Et pour la première fois son visage s'est illuminé d'un sourire radieux. D'après ma mère, son seul défaut, c'était d'avoir toujours l'air ailleurs, mais sinon elle était gentille, honnête et intelligente, le genre de fille qui comprend vite ce qu'on lui demande de faire. Elle n'était pas du tout comme Bongsun : elle ne laissait pas tomber des grains de riz sur le plan de travail à côté des marmites, ni ne mangeait toute seule du riz trempé dans l'eau en refusant de se nourrir de pain le matin.

Un mois après l'arrivée de Mi-kyeong chez nous, ma mère, de retour de la poste, lui a montré un morceau de papier en disant : « Regarde, j'ai envoyé ton salaire à ta famille. » Mi-kyeong a recueilli précautionneusement cette feuille sur laquelle était écrite l'adresse de sa famille à la campagne, comme s'il s'agissait d'un trésor, et ce soir-là, après la vaisselle, elle est entrée dans la chambre et a regardé encore et encore le morceau de papier jusqu'à une heure tardive, puis, en humectant de salive un crayon, elle s'est mise à écrire une lettre qui commençait par « Mes chers parents », a effacé ce début de phrase avant de recommencer plusieurs fois sa rédaction.

Un jour elle est allée chercher des œufs dans la remise et elle en est revenue avec un amas de brins de paille.

— Madame, regardez ça, j'ai voulu le jeter en croyant que c'était que de la paille mais y a quelque chose dedans…

Ma mère, qui était en train dc fouler les draps-housses amidonnés, pliés et posés sur une pierre dédiée tout en les aspergeant d'eau pour les adoucir, est descendue dans la cour, très surprise.

— Qu'est-ce que c'est? a-t-elle demandé d'une voix chevrotante.

Elle semblait avoir déjà deviné de quoi il s'agissait.

— Ça ressemble à une bague… Regardez.

Ma mère a pris la poignée de brins de paille tendue par Mi-kyeong. Ses mains qui écartaient les brindilles tremblaient. Est enfin apparue la bague de diamant, enveloppée dans plusieurs épaisseurs de vieux journaux.

— Oh, mon Dieu! s'est exclamée ma mère. Oui, c'est moi qui l'ai… Oui, c'est ça… Qu'est-ce que je vais faire…

Sur son visage la surprise a laissé place à la confusion. Elle se trouvait confrontée tout à la fois à la joie d'avoir retrouvé sa bague perdue et la gêne de devoir reconnaître son erreur; car si Mi-kyeong ignorait tout de cette histoire et de la disparition de Bongsun, ce n'était pas le cas pour moi. Comme je me lavais les mains au point d'eau aménagé dans la cour, j'ai levé les yeux et mon regard a croisé celui de ma mère. A l'instant où je me disais que la coupable n'était donc pas Bongsun mais elle, sa voix perçante a résonné à mes tympans :

— Qu'est-ce que tu fais encore là-bas avec l'eau ? Tu m'énerves à la fin !

Elle s'est approchée de moi à grandes enjambées et a violemment jeté l'eau que j'avais fait couler dans la bassine pour me laver les mains.

— Mais pourquoi tu traînes tout le temps à la maison ? Va jouer dehors comme les autres enfants ! Allez, sors d'ici, vite !

— Pourquoi tu t'énerves comme ça ? J'étais en train de me laver les mains !

— Mais voyez cette gamine insolente qui réplique à sa mère... Allez, dépêche-toi de sortir jouer ! On dit que les enfants de six ans vous poussent à bout avec toutes leurs questions, mais toi qui n'as même pas encore cet âge, comment se fait-il que tu me désobéisses comme ça, hein ? J'en ai vraiment assez !

Et elle m'a assené sur le dos une tape chargée de colère. Sans comprendre la raison de cette claque, je suis sortie, chassée par elle.

Mija était endormie, allongée sur le grand *maru*. Elle avait dû boire de l'alcool, alors qu'on était en plein jour, car ses joues étaient écarlates et le gilet couvrant son ventre montait et descendait avec régularité.

Je me suis installée près d'elle, j'ai sorti une cigarette de son paquet et j'ai gratté une allumette. Jusque-là c'était toujours Mija qui allumait ma cigarette, je n'avais donc pas l'habitude de me servir d'une allumette, aussi étais-je maladroite et avais-je du mal à l'enflammer. J'ai fait plusieurs tentatives en vain et la cigarette a fini par m'échapper des mains ; en voulant la ramasser, j'ai glissé sur le sol en ciment de la cour et j'ai commencé à sangloter.

— C'est qui… ? a interrogé Mija en émergeant de son sommeil avant de se redresser. C'est toi, Jjang-a ? Oh, mais qu'est-ce qui t'arrive ?

Mais j'ai continué de pleurer. Mija a ramassé la cigarette que j'avais fait tomber, l'a mise entre ses lèvres, a repoussé en arrière ses cheveux en désordre qui pendaient jusqu'aux épaules, avant de les attacher à l'aide d'un élastique jaune, puis elle a murmuré en me regardant d'un air apitoyé :

— Pleure pas, ma pauvre Jjang-a… Elle est folle, cette Bongsun. Si elle suit un bon à rien comme Byeong-sik, elle aura la vie dure, j'en mets ma main à couper. Ce serait peut-être différent si elle avait pris cette fameuse bague de diamant…

A ces mots, je me suis dit tout à coup que Bongsun donnait peut-être des nouvelles à Mija. Car il y avait le téléphone chez elle. Si Mija pouvait lui parler, je devais lui dire qu'on avait retrouvé la bague et que Bongsun n'était pas la voleuse, non ? Mais je suis restée sans pouvoir prononcer un mot. Mija, sentant mon regard insistant sur elle, s'est affalée sur le grand *maru* et a marmonné en exhalant des bouffées de fumée blanche :

— Comment peut-on connaître aussi mal les hommes ? Comment peut-on faire confiance aussi rapidement aux gens et se donner aussi facilement à un homme ? Je parle de cette idiote de Bongsun, il paraît qu'elle mène une vie malheureuse.

27

Ce soir-là, ma mère a envoyé ma sœur et mon frère dans leur chambre et s'est assise face à mon père.

Quant à moi, allongée sur les genoux de celui-ci, j'étais à deux doigts de m'endormir. Mais à l'instant où, tout en épluchant un melon, elle s'est adressée à lui : « Chéri, Bongsun... », le sommeil m'a quittée aussitôt. A germé alors en moi le fol espoir que ma mère allait ramener Bongsun à la maison. En fait, je croyais dur comme fer que tout allait redevenir comme avant, maintenant que la vérité avait éclaté : on savait désormais que c'était un malentendu, une erreur, puisque la bague enfouie dans une boule de brindilles avait été découverte par Mi-kyeong. Cette conviction a perduré longtemps.

— Eh bien... j'ai retrouvé ma bague.

— Tu aurais dû mieux chercher avant d'accuser Bongsun. Elle faisait quand même partie de la famille, à ce que je sache.

— C'est vrai, tu as raison, mais cette idiote aurait dû nier jusqu'au bout si elle n'avait rien fait de mal. Pourquoi s'est-elle enfuie ?

— C'est presque toi qui l'as poussée dehors, tu ne crois pas ? Si jamais ses parents l'apprennent, comment veux-tu qu'on les regarde en face ?

Ma mère a suspendu son épluchage du melon et a répliqué au reproche de mon père :

— Arrête de m'accuser comme ça. On ne sait jamais, peut-être que cette idiote l'a volée, puis elle a eu peur et l'a cachée là avant de partir.

Si mon père avait été plus attentif à moi, il aurait senti que ma tête posée sur ses genoux s'était mise à chauffer. L'argumentaire de ma mère allait dans la direction opposée à mon espoir. Dans *Le Petit Lord Fauntleroy*, le grand-père du héros accepte la mère de ce dernier une fois le malentendu résolu. Dans *Les Cygnes sauvages* aussi, le mari d'Elisa, la vérité une fois révélée, n'exécute pas son épouse et vit heureux avec elle. Mais ma mère restait campée sur ses positions : Bongsun avait volé la bague.

Mon cœur était à deux doigts d'éclater et j'avais peur que mon père ne s'en aperçoive. S'il m'avait demandé : « Qu'est-ce que tu as, Jjang-a ? », je me serais levée et j'aurais pleuré éperdument. J'avais l'impression de contenir un ballon gonflé au maximum qui allait exploser au moindre contact. Mon père, inconscient de mon anxiété, m'a caressé les cheveux avant de me prendre dans ses bras et d'aller me déposer près de Mi-kyeong déjà endormie dans notre chambre, puis il est ressorti en refermant doucement la porte derrière lui.

J'aurais dû le comprendre à ce moment-là : les gens refusent de reconnaître la vérité, à moins qu'ils ne se trouvent coincés dans une impasse ; c'est ce qui s'est passé ce jour-là, c'est ce qui se passe encore aujourd'hui, et cela durera sans doute pendant très longtemps encore. Les êtres humains refusent de voir les choses telles qu'elles sont ; ils n'acceptent que ce qui se conforme à leur vision des choses ; quand ils prennent la route avec une carte qu'ils ont dessinée à l'avance et tombent sur un chemin allant dans un sens différent de ce qu'ils avaient prévu, ils préfèrent changer le chemin pour l'adapter à leur carte, et rares sont ceux qui acceptent de modifier leur dessin.

Maintenant que j'y réfléchis en écrivant ce texte, je me demande si ma vie n'était pas déjà tracée sur la carte de mon enfance. Les erreurs que je commets souvent, les chagrins que j'éprouve régulièrement, les situations où je m'enlise inexorablement… je me dis que la vie m'avait peut-être déjà donné sa boussole à l'époque. Elle n'était pas pleine de symboles incompréhensibles ni remplie de codes difficiles à déchiffrer, mais je ne voulais pas la suivre et je ne pensais pas non plus que les schémas allaient se répéter de façon plus ou moins semblable ; je croyais vaguement que le temps passé ne revenait pas ; et pourtant, quand j'y repense j'ai l'impression de revivre toujours la même situation, dans un périmètre aussi restreint qu'une jarre.

28

Je n'ai parlé de cette histoire de bague à personne. A moins que Bongsun ne revienne à la maison, il était inutile d'en parler, ça au moins je le savais malgré mon jeune âge. Mais quand je pensais quelquefois à Bongsun, j'éprouvais une douleur sourde dans la poitrine.

Puis, un jour, Mi-kyeong a disparu à son tour. Ce devait être un dimanche car toute ma famille et celle de mon oncle maternel, montées à bord de la jeep de mon oncle, étaient allées pique-niquer dans la vallée de Sekeomjeong.

— C'est bizarre, la bâcle du portail n'est pas fermée… a murmuré ma mère en le poussant.

L'instant suivant son teint était devenu blanc ; elle a appelé « Mi-kyeong, Mi-kyeong ! » puis, frappée sans doute par une idée, elle s'est précipitée dans notre chambre à toutes les deux. Le baluchon couleur d'amarante fanée dans lequel Mi-kyeong rangeait toujours soigneusement ses affaires n'était plus là. Aussitôt ma mère a foncé vers la coiffeuse de sa chambre.

Les bagues et les broches sans valeur qu'elle y avait posées négligemment y étaient encore. Elle a aussi vérifié la présence de son autre bague, cachée dans le pli d'une couverture, et de son collier enfoui dans la huche à riz; quand elle a été sûre qu'ils n'avaient pas été volés, elle est entrée dans la cuisine. Les couverts en argent reposaient également sains et saufs dans leur boîte.

— C'est vraiment bizarre, je n'ai pas l'impression qu'elle ait volé quoi que ce soit... Dans ce cas, est-ce qu'elle est allée poster une lettre? Oui mais quand même, elle a laissé le portail ouvert, qu'est-ce que ça veut dire?

Après les sentiments successifs de peur et de trahison qu'elle avait éprouvés, ma mère était soulagée de constater que tous les objets précieux se trouvaient à leur place. Comme ces choses de valeur n'avaient pas été touchées, elle supposait que Mi-kyeong n'avait pas quitté la maison définitivement.

A ce moment-là, ma sœur a crié depuis la chambre qu'elle partageait avec mon frère:

— Maman, c'est grave! Tous mes vêtements ont disparu et ceux de Jun aussi !

— Quoi? Vos vêtements?

Ma mère s'est précipitée dans leur chambre. En effet, les tiroirs de l'armoire en formica où l'on rangeait les habits de mon frère et de ma sœur étaient vides. Dans ma chambre, c'était pareil. Mes robes, mes bas, mes chaussures en cuir et mes élastiques décorés de clochettes, tout s'était envolé.

— Est-ce qu'il y a d'autres choses qui ont disparu à part les vêtements? Cherchez bien.

Nous avons regagné nos chambres. Ma tirelire en porcelaine en forme de pomme se trouvait à sa place et mes livres aussi. Il en allait de même dans la chambre de ma sœur et mon frère. Leurs tirelires et la radiocassette Sony que notre deuxième oncle maternel avait envoyée à ma sœur depuis le Vietnam étaient toujours là. Seuls nos vêtements s'étaient volatilisés. Tout à coup ma sœur a poussé un cri consterné :

— Maman, mon uniforme de collège ! Je ne le trouve pas non plus.

— Quoi, ton uniforme ?

Ma mère, qui jusque-là avait l'air de penser que ce n'était pas si catastrophique que ça, a brusquement rougi de colère ; elle était indignée qu'on ait osé prendre l'uniforme de ce prestigieux collège pour filles alors que ma sœur avait fait tant d'efforts pour pouvoir y entrer ; elle était scandalisée comme si Mi-kyeong avait volé à ma sœur son certificat d'admission à cet établissement, et donc l'avenir prometteur dont toutes les anciennes du collège jouissaient déjà.

— C'est n'importe quoi ! a maugréé ma mère. Elle a laissé mes bagues et les couverts en argent mais a pris les vêtements des enfants. C'est la première fois que je vois une bonne faire une chose pareille… En plus, elle a volé un uniforme scolaire… Elle a perdu la tête ou quoi, cette fille ? Il faut vraiment que je fasse venir une chamane ou quelque chose de ce genre, pourquoi j'ai tant de malchance avec les gens que j'emploie ces derniers temps ?

Le soir a commencé à tomber. Ma mère nous a réconfortés, nous qui étions tout chamboulés, a fait cuire du riz et griller des poissons *kongchi* en saumure sur le feu de briquettes de charbon. Mais elle semblait préoccupée. Le gros sel qu'elle avait saupoudré sur les poissons éclatait bruyamment sur le feu dans un tac-tac qui résonnait doucement. Ma sœur, mon frère et moi, privés de vêtements pour nous changer, restions là, assis dans nos habits de la journée, l'air renfrogné. Quant à mon père, il se contentait d'exhaler ses bouffées de fumée de cigarette tout en tournant autour de la terrasse où l'on conservait les jarres à sauce.

29

— Si cette fille avait eu la moindre pensée pour la mère d'Eob qui nous l'avait présentée, elle n'aurait pas agi comme ça. Chéri, qu'est-ce que je vais faire ? Je pense qu'il vaut mieux aller la voir à Gwangju dès demain. S'il te plaît, trouve-moi des billets d'avion.

Ma mère, qui ne parvenait pas à manger, a demandé ça à mon père d'un ton sérieux pendant le dîner.

— La mère d'Eob se sent vraiment désolée et elle veut venir avec moi à ses propres frais, a-t-elle repris. Tu n'as donc que mes billets à payer.

— Eh bien, euh, tu ne veux pas attendre encore quelques jours ? On ne sait jamais. Et puis la mère d'Eob peut contacter sa famille, d'ailleurs nous n'avons aucune certitude que cette fille soit rentrée chez elle.

— Non, j'ai mon idée là-dessus. Il ne faut pas laisser traîner les choses dans ce genre d'affaire. Je ne sais pas où elle est mais il faut aller chez ses parents et faire pression sur eux.

Ma mère n'a pas été la seule à ne pas trouver le sommeil cette nuit-là. Ma sœur qui s'était fait dérober son uniforme scolaire et moi-même avons aussi passé une nuit blanche. Dire que les voleurs avaient la même apparence que les gens ordinaires ! Du coup, j'avais peur de tout le monde. Ma mère me l'avait maintes fois recommandé, il ne fallait jamais sourire, faire confiance ou suivre des inconnus, même s'ils se montraient très gentils avec moi. J'avais du mal à imaginer que cette Mi-kyeong aux grands yeux noirs ait subtilisé nos affaires aussi facilement et avec tant d'audace.

Le jour suivant, ma mère, accompagnée de la mère d'Eob, est partie pour Gwangju et elle est revenue le lendemain avec un grand baluchon contenant tous nos vêtements disparus.

30

Ce soir-là, tout en épluchant un kaki, ma mère s'est mise à raconter à mon père qui regardait la télévision :

— Cette histoire est tellement absurde que je ne sais pas s'il faut en rire ou en pleurer. Comme cela faisait longtemps que la mère d'Eob n'était pas allée dans le bidonville de Gwangju où habite la famille de Mi-kyeong, nous nous sommes perdues et avons erré au hasard dans le quartier, et soudain, suspendus à une corde à linge sur la terrasse du toit d'une maison, j'ai aperçu les vêtements de nos enfants flottant au vent. Cette pimbêche qui s'est enfuie avec nos vêtements les avait déjà lavés et les faisait sécher pour les donner à son frère et à ses sœurs, c'est grâce à ça que nous avons retrouvé la maison de sa famille rapidement et sans trop de peine.

— Ah bon, est-ce que Mi-kyeong était là aussi ?

— Oui, naturellement, où veux-tu qu'elle soit allée ? Quand j'ai passé le portail, cette sale gamine qui était occupée à faire sécher des feuilles de chou s'est sauvée aussitôt, le visage tout pâle. J'avais envie de l'attraper pour lui donner une bonne correction mais je me suis retenue. D'après ses sœurs, leurs parents étaient partis travailler. Alors la mère d'Eob et moi avons attendu leur retour. Mon Dieu, dans une maison aussi minuscule qu'une chiure de mouche vivent au moins sept familles, à ce que j'ai vu. Le toit est si bas qu'il faut se plier en deux pour entrer. Et là dans une pièce unique juste équipée d'une cuisine habitent les deux parents et leurs sept enfants. Les parents de Mi-kyeong semblent un peu plus jeunes que nous… Enfin bref, leur logement fait la moitié de celui que nous occupions, tu sais, quand on était dans le quartier au sommet de la colline.

— Tu as donc rencontré les parents. Qu'ont-ils dit ?

— Que veux-tu qu'ils disent ? D'après eux, Mi-kyeong a prétendu que c'était moi qui lui avais donné tous ces vêtements parce qu'ils n'allaient plus à mes enfants et ils l'ont crue mais c'est des salades, ils ont bien dû avoir des doutes, non ? Quelle patronne va donner des vêtements tout neufs à sa bonne ? Qui plus est, l'uniforme de collège de sa fille ? La mère d'Eob s'est emportée plus que moi, elle leur a crié de ne pas dire n'importe quoi mais ils ont fait la sourde oreille, le visage de marbre. Leur fille a commis un vol, comment ils peuvent manifester une telle indifférence, ça dépasse l'entendement. Je sais qu'ils sont pauvres et n'ont aucune éducation, mais tout de même…

— Est-ce que Mi-kyeong t'a dit au moins pourquoi elle avait pris l'uniforme de Yeong-a ?

— Je n'en sais rien. Je lui ai posé la question, mais elle a baissé la tête et s'est mise aussitôt à pleurer. Cette petite idiote a dû croire qu'il suffisait de porter l'uniforme pour devenir une collégienne. Enfin bon…

Mais quand nous avons voulu repartir, ses parents nous ont demandé de ramener Mi-kyeong avec nous. C'est vraiment ahurissant! Remarque, je la payais mieux que la majorité des autres familles et j'envoyais ponctuellement l'argent à ses parents… J'ai trouvé ça tellement gonflé que j'en suis restée bouche bée. J'ai voulu leur dire mon fait mais je me suis ravisée par respect pour la mère d'Eob.

— Peut-être étaient-ils de bonne foi, ce sont des campagnards, alors on peut s'attendre à ce genre de réaction.

— Comment ça, de bonne foi ? Et puis je te signale que Gwangju n'est pas la campagne, c'est une grande ville, d'ailleurs, où que les gens vivent, c'est partout pareil. Quelle impudence, vraiment… J'ai trouvé les parents éhontés et leur fille ingrate mais j'ai eu pitié des plus jeunes, surtout le dernier encore bébé qui portait un pyjama de coton tout usé en guise de couche car les parents ne pouvaient pas en acheter. Apparemment, ils le retournent quand il est souillé. Dans cette pièce exiguë ça puait l'urine et les vêtements des enfants étaient en loques. Alors je me suis dit que ces petits n'avaient rien fait de mal et je leur ai laissé quelques vêtements un peu vieux.

— Tu as bien fait.

La conversation entre mes parents s'est arrêtée là et ils n'ont plus jamais reparlé de ça après.

31

Mais elle m'a marquée et je m'en souviens encore. Le récit de ma mère, tout excitée, était tellement réaliste que je voyais comme si j'y étais le paysage de ce bidonville à Gwangju où je n'avais jamais mis les pieds, et nos vêtements accrochés à la corde à linge au-dessus de la minuscule terrasse sur le toit du petit baraquement ; cette image est encore très nette à mon esprit.

A l'époque, mon frère, ma sœur et moi avons été surpris et choqués par ce vol car nous en étions les victimes directes, il concernait nos habits alors qu'une bague de diamant n'avait aucune valeur à nos yeux. Mais étrangement, après avoir entendu le récit de ma mère, j'ai eu le sentiment de comprendre pourquoi Mi-kyeong avait pris nos vêtements, y compris mes élastiques décorés de clochettes, en laissant les objets précieux comme les bagues de ma mère et les couverts en argent. La première fois que j'avais vu Mi-kyeong sourire de façon rayonnante, c'était quand elle m'avait dit que je ressemblais à sa quatrième jeune sœur. Chaque fois qu'elle nous regardait, moi, ma sœur et mon frère, l'image de ses sœurs et de son frère vivant dans la misère devait lui déchirer le cœur.

Un mois après son départ, Mi-kyeong a appelé chez nous. D'après ma mère, elle a pleuré au téléphone en lui demandant pardon. Elle a dit que si ma mère la reprenait chez nous, elle lui en serait éternellement reconnaissante, qu'en ce moment elle travaillait dans une usine de textile et que c'était trop dur, et qu'elle voulait revenir travailler pour ma famille.

— Comment oses-tu me demander de revenir alors que tu es partie comme ça ?

Ma mère a raccroché, mais elle n'avait pas l'air de se sentir bien. Elle a murmuré pour elle-même : « Cette idiote, elle ne connaît rien de la vie. Le travail à l'usine est trop dur pour des enfants. C'est vrai qu'être une bonne n'est pas très valorisant mais il vaut mieux manger des repas chauds en restant sagement dans un logement décent, et faire un bon mariage le moment venu. »

Tout comme moi, mes parents, qui plaçaient la loyauté très haut parmi les vertus, devaient éprouver des sentiments complexes vis-à-vis de Mi-kyeong ; c'est sans doute pour ça que lorsque la jeune fille, qui s'était fait embaucher chez un fabricant de perruques après avoir erré d'une usine à l'autre, nous rendait visite avec un peu de viande enveloppée dans du papier journal qu'elle avait achetée, ils l'accueillaient à bras ouverts et lui donnaient les vieux habits que nous ne mettions plus pour qu'elle les rapporte dans son village natal. Et plus tard, quand elle ne pouvait pas rejoindre sa famille, elle passait parfois chez nous les jours de fête avec une boîte remplie de friandises comme cadeau. Lorsqu'elle s'est mariée, mes parents ont assisté à la cérémonie et lui ont offert une enveloppe de billets. C'est ce qu'on m'a dit.

32

L'automne plein de péripéties de cette année-là a fini par passer. Ma mère faisait des efforts pour trouver une bonne mais ce n'était pas facile. « Les autres emploient sans problème des bonnes et les aident à se marier, mais moi maintenant j'ai peur d'embaucher quelqu'un », murmurait-elle tout en essuyant le *taetmaru* avec un chiffon mouillé. Cette situation s'est avérée bénéfique pour moi car j'ai pu passer beaucoup de temps avec elle, ce qui ne m'était pas arrivé depuis bien longtemps. Les jours où le soleil répandait ses doux rayons, assise sur le *taetmaru*, en suivant les paroles qu'elle avait notées sur un bout de papier, je fredonnais la chanson *Il était une fois la colline couverte d'herbe dorée, là où j'ai joué avec Maggie…* Ma mère, qui m'apprenait ainsi des paroles de chansons, était belle à mes yeux d'enfant. En ces moments-là elle ne ressemblait pas à une trentenaire mère de trois enfants, mais à la jeune fille que j'avais vue un jour dans son vieil album de photos, une jeune fille en robe de mousseline blanche.

Parfois je la suivais au marché d'Ahyeon où elle m'achetait des petits pains à la vapeur ; tout en suçant un bâtonnet de glace à la pâte de haricots rouges, je regardais le marchand de volaille, tablier en caoutchouc autour de la taille, qui enfonçait son long couteau tranchant dans le cou d'un poulet et le tuait avec indifférence ; une fois atténuée l'odeur du sang et l'oiseau paniqué devenu sans vie, il le plongeait dans l'eau bouillante avant de le ressortir et de le placer dans une espèce d'essoreuse pour le déplumer. A côté de lui, il y avait des marchandes qui vendaient de la viande de chien ; ces viandes rouge foncé se trouvaient dans des grands baquets en plastique couverts en partie par un tissu ; à cette époque, les vrais bouchers officiels équipés de frigos étant rares, ces femmes au foyer venaient vendre la viande de leurs propres chiens ; les têtes des animaux dépouillés dépassant du bord des baquets étaient exposées aux passants avec leurs gueules ouvertes ; parfois il leur restait encore des petits crocs blancs et pointus. Ma mère, bouddhiste fervente, détournait chaque fois la tête en marmonnant : « Quelle horreur ! » mais moi, je ne déviais pas le regard. Comme je n'imaginais pas en manger, il ne s'agissait pas pour moi de nourriture mais plutôt d'une offrande déposée sur l'autel d'un démon. Je n'avais donc aucune raison de les trouver horribles.

Quoi qu'il en soit, la première fois que j'ai vu ces étals de viande de chien, cela m'a fort impressionnée. Est-ce parce que cela aurait plus tard un rapport avec Bongsun ? Tout ce que je sais, c'est que ce jour-là elle est revenue chez nous.

33

En rentrant du marché, nous avons trouvé Bongsun assise sur le *taetmaru* devant la chambre près du portail, dans la douce lumière du soleil automnal. Elle portait un gilet usé et une longue jupe qui était trop grande pour elle et mal ajustée. Plusieurs boutons de son gilet étaient arrachés. A côté d'elle était posée la valise en plastique marron foncé qu'elle avait emportée quand elle était partie. La voisine d'à côté, à qui nous avions demandé de garder la maison pendant notre absence, avait dû retourner chez elle en voyant Bongsun arriver. Dès que celle-ci nous a aperçues, elle s'est levée d'un bond et a baissé profondément la tête. Notre émotion à toutes trois était grande.

Un lourd silence a régné un moment. Toute mon attention était focalisée sur ma mère, après tout, la décision reposait entre ses mains. Mais la principale raison, en fait, était que je n'osais pas regarder Bongsun en face, ce visage qui m'avait tellement manqué pendant tout ce temps. J'étais en proie à des sentiments mêlés ; j'avais envie de pleurer et de m'enfuir. Même si mes yeux étaient rivés sur ma mère qui détenait l'issue de ces étranges retrouvailles, je ne pouvais m'empêcher de braquer toutes mes antennes vers Bongsun. Aussi pouvais-je au moins percevoir ce qu'était son état d'esprit ; comment expliquer ça… on aurait dit un de ces radis gonflés dont l'intérieur est creux.

— Jjang-a, va mettre la bâcle sur le portail !

Ma mère, qui avait été prise de court pendant un moment, a lancé cette phrase d'une voix froide à laquelle je ne m'attendais pas, avant d'entrer dans sa chambre. Elle avait bien demandé que je ferme le portail, cela signifiait qu'elle n'avait pas l'intention de chasser Bongsun, c'était évident. Bongsun et moi connaissions bien ce trait de caractère de ma mère, elle ne se réconciliait jamais avec quelqu'un une fois que leur relation était gâchée. C'est pourquoi, laissées à nous-mêmes dans la cour, nous sommes restées un moment confuses et mal à l'aise.

Environ cinq mois s'étaient écoulés, c'était une durée courte mais je ne savais plus comment je devais me conduire face à elle. D'ailleurs, si cette situation se reproduisait aujourd'hui, pourrais-je me comporter avec naturel vis-à-vis de Bongsun, je ne saurais le dire. Alors que je me tenais là, toute crispée, mes yeux ont croisé les siens, il ne pouvait en être autrement. J'ai vu les hématomes autour de ses paupières, ses lèvres gonflées par l'éclatement de sa lèvre supérieure. « Comment est-elle tombée pour abîmer son visage comme ça ? » A l'instant même où cette idée m'a effleurée et où nos yeux se sont croisés, Bongsun, contre toute attente, a fait son grand sourire habituel en découvrant ses gencives. Je me souviens encore que, malgré mon jeune âge, je n'en revenais pas. Comment pouvait-elle sourire dans une telle situation, me suis-je étonnée. Mais maintenant que j'y réfléchis, elle était tout à fait capable d'agir ainsi, elle était comme ça, ma grande sœur Bongsun. Gênée, j'ai voulu lui rendre la pareille mais je n'y arrivais pas. Elle, comme si de rien n'était, a sorti des choux à *kimchi* du panier des courses du marché et les a apportés dans la cuisine avant de se mettre à les nettoyer. On aurait dit qu'elle rentrait d'un petit voyage de trois jours. Même quelqu'un n'ayant jamais quitté cette maison n'aurait pu se montrer aussi désinvolte.

Ma mère a dû entendre le bruit de l'eau provenant de la cuisine mais elle est demeurée dans sa chambre, la porte hermétiquement close. Quant à moi, je suis restée assise sur le *taetmaru,* l'œil vague, pendant que Bongsun mettait les choux en saumure pour le *kimchi*. Le nid vide que des hirondelles nous avaient laissé en nous quittant après la fête des récoltes du quinzième jour du huitième mois lunaire, la saison où le vent devient froid, était resté sous l'avant-toit de notre maison. Durant tout l'été, plusieurs oisillons au bec couleur de jaune d'œuf avaient gazouillé dans ce petit nid. Puis à l'arrivée de l'automne, ils l'avaient quitté en battant l'air de leurs jeunes ailes encore plus énergiquement que leur mère… Mon cœur vide, ce cœur blessé par l'histoire de Bongsun, allait-il cicatriser et redevenir comme avant, le temps que ces hirondelles reviennent au printemps prochain ?

Cet après-midi-là, ma sœur et mon frère rentrant de l'école ont poussé des exclamations de surprise en découvrant Bongsun, mais celle-ci a de nouveau arboré son fameux grand sourire. Par la suite, aucun membre de la famille n'a fait de commentaire à son sujet, comme s'ils s'étaient donné le mot à mon insu. Prendre de l'âge signifiait-il devenir capable de rester impassible dans les situations les plus embarrassantes ? La réaction de ma famille m'a beaucoup étonnée.

34

A la tombée de la nuit, ma mère est venue dans notre chambre. Elle a doucement refermé la porte derrière elle, le visage sombre. Sans doute à cause de l'hostilité se dégageant d'elle, Bongsun, qui était en train d'étaler de la glycérine sur le dos de ses mains crevassées, a arrêté net son geste. Ma mère est restée debout un moment avant de venir s'asseoir, un genou plié, devant Bongsun. Une main posée sur son front lui dissimulait les yeux mais j'avais quand même compris que ma mère était entrée dans cette chambre après une longue et mûre réflexion.

— Est-ce que le sol de la chambre est chaud ? a-t-elle demandé en mettant sa main sous le matelas sur lequel Bongsun était assise, bien qu'elle ne soit sûrement pas venue pour poser cette question.

— Oui.

Ma mère a scruté Bongsun un moment. N'importe qui dévisagé ainsi de près se serait senti mal à l'aise, et Bongsun ne faisait pas exception. J'imagine que compte tenu de la situation, elle était encore plus gênée. Elle a repris lentement son geste d'enduire ses mains de crème.

— Bongsun, maintenant, écoute-moi bien. Si jamais tu me donnes une réponse fausse, je ne pourrai rien faire pour toi, d'accord ?

Ces paroles de ma mère n'étaient pas très explicites mais le ton en était ferme et solennel.

— Tu as compris ?

— Oui…

Ma mère était prête à entrer dans le vif du sujet mais elle m'a d'abord jeté un coup d'œil. Couchée à plat ventre sur la couverture, j'étais en train de lire tout en balançant mes jambes. Je faisais mine d'ignorer leur conversation mais j'ai perçu dans son regard qu'elle hésitait à aborder le sujet en présence d'un enfant. Heureusement pour moi, elle a semblé se raviser et décider d'ignorer ma présence dans la pièce, moi qui n'étais qu'une gamine, comme elle l'avait toujours fait dans ce genre de circonstances.

— Ça fait combien de mois ? a demandé ma mère sans y aller par quatre chemins.

Bongsun, tête baissée, s'est contentée de frotter le dos de ses mains enduit de glycérine.

— Je t'ai demandé combien de mois ça fait ? a répété ma mère en s'avançant vers Bongsun.

— Vous parlez de quoi ? a répondu Bongsun d'une voix détachée tandis qu'elle accélérait son geste pour dissimuler son embarras.

— Tu ne sais vraiment pas de quoi je parle ?

— Eh bien, non, je sais vraiment pas. Si c'est de ma fuite, ça fait cinq mois aujourd'hui…

A ce moment, ma mère l'a giflée. C'est arrivé subitement. Les cheveux de Bongsun, qu'elle avait laissés pousser et qui pendaient négligemment jusqu'à ses épaules, se sont éparpillés devant son visage. Du coup, elle a interrompu son geste de se frotter les mains. C'était la première fois que ma mère la frappait, qui plus est en ma présence. Je me suis figée, les mains serrées sur mon livre. Mes jambes qui se balançaient se sont aussi immobilisées. Les visages de Bongsun et de ma mère sont devenus durs comme de la pierre.

— Comment peux-tu être aussi immature ? Qu'est-ce qui t'arrive, Bongsun, comment as-tu fait pour en arriver là ? Il faut que tu me dises tout, et avec franchise, pour que je puisse t'aider, espèce d'idiote ! As-tu perdu la tête à ce point ? Si tu veux même me le cacher à moi, pourquoi es-tu revenue chez nous ? Pourquoi ? Je t'avais pourtant dit et répété de faire attention. Mais tu es revenue dans cet état et tu ne sais pas de quoi je parle ? Est-ce que tu crois vraiment que personne n'a deviné quand tu es arrivée à pied dans le quartier ? Est-ce que tu n'as pas plus de cervelle qu'une jeune bécasse qui se cogne aveuglément la tête sur tout ce qu'elle rencontre ?

Le ton de ma mère était monté de plus en plus haut jusqu'à devenir plaintif. Je me suis demandé pourquoi elle réagissait comme ça alors que l'histoire de sa bague de diamant avait été complètement résolue. Mais l'instant d'après, j'ai compris pourquoi le corps de Bongsun avait tellement enflé. Lorsqu'au dîner, ma sœur Yeong-a avait demandé pourquoi Bongsun avait pris autant de poids, ma mère avait paru embarrassée. J'en comprenais enfin la raison.

Je savais bien d'autres choses : qu'une femme pouvait tomber enceinte sans être mariée et que cela n'avait rien à voir avec un papillon qui transportait le pollen, car nous les humains ne naissions pas de façon aussi belle que les fleurs ; et l'on pouvait tuer l'enfant quand il était encore dans le ventre car d'après les récits que j'avais lus dans les magazines, les femmes qui se retrouvaient enceintes malgré elles se voyaient contraintes de tuer leur enfant et racontaient ça en pleurant. Bongsun connaissait sans doute le même sort que l'héroïne du film *Aime-moi encore une fois*, sauf qu'elle n'était pas belle ni célèbre comme l'actrice Munhui qui incarnait le personnage principal et que Byeong-sik n'était pas quelqu'un de confiance comme l'acteur Sin Yeong-kyun.

J'avais la tête plongée dans mon livre mais mes oreilles aux aguets ont senti que le regard de ma mère s'était à nouveau posé sur moi. Les princes et les princesses si éloignés de la vie décrite dans les magazines, les méchantes marâtres coiffées de la couronne royale, les robes et les bouquets de fleurs et les diadèmes multicolores… Mes yeux fixaient les images mais en réalité je ne m'intéressais pas aux histoires de « ce monde-là ». Les après-midi où je m'ennuyais, et souvent le soir, je ne lâchais pas mes livres et de temps en temps j'avais les yeux humides à cause de ces belles histoires émouvantes ; il m'arrivait aussi parfois de me couvrir la tête d'un carré de tissu violet ou vert clair pour me déguiser en princesse aux cheveux blonds en me regardant dans le miroir. Mais je savais que dans le monde où je vivais, il n'existait pas de princesses, et même s'il y en avait, elles n'avaient rien à voir avec moi et tout ça était donc futile ; les cheveux blonds comme le blé mûr, la jeune fille au teint aussi blanc que la neige, le mystérieux roi magicien aux yeux aussi bleus que le fond de l'océan qui vivait dans un vaste et très haut château… je m'en moquais, de tout ça. Ce qui m'intéressait le plus, c'étaient les gens autour de moi. Je voulais savoir qui ils étaient et ce que je représentais pour eux. Et les personnes qui étaient autour de moi à cette époque, c'étaient Bongsun, Mija, Mi-kyeong et Byeong-sik…

— Combien de fois t'a-t-il frappée ? a demandé ma mère en baissant la voix avant de pousser un gros soupir.

Elle a saisi un poignet de Bongsun et a remonté la manche de son tricot de corps gris. Alors j'ai moi aussi levé la tête et jeté un coup d'œil furtif à son bras. Des hématomes, des cicatrices noires et jaunes comme des nœuds dans le bois… Ce n'est que plus tard que j'ai appris que ces cicatrices-là étaient dues au fait que des voyous avaient brûlé son poignet avec leurs mégots de cigarettes. Sur le moment, j'ai vu ma mère chanceler en les regardant.

— Ah, pauvre idiote, ah, ma pauvre… tu as dû perdre la tête !

Tout en criant ainsi d'une voix émue, ma mère a donné plusieurs tapes sur la tête de Bongsun. Celle-ci l'avait enfoncée dans la couverture en soie pourpre et ne l'a pas relevée. Sous son visage, des fleurs de pivoines brodées à la machine rayonnaient de couleurs éclatantes.

— Bongsun, est-ce que tu veux bien accepter ce que je vais te proposer ?

— …

— Viens avec moi à l'hôpital demain… A voir ton état, ça doit faire sept ou huit mois… ? C'est déjà trop tard, je ne sais pas s'il y a une clinique qui va t'accepter… Tu es d'accord ?

— …

— Bon, ça suffit pour aujourd'hui… Oui, dors.

Ma mère a poussé un long soupir et elle est sortie en refermant la porte derrière elle. Bongsun est restée là comme si elle était collée au sol. Ce n'est qu'alors que j'ai baissé mes jambes, jusque-là suspendues en l'air, et que je me suis glissée doucement sous ma couverture. Cela faisait un bon moment que ma mère était sortie mais Bongsun restait toujours immobile. Et moi je n'osais pas faire comme avant, lui demander de s'allonger à côté de moi, de s'amuser avec moi et de me raconter des histoires ou lui supplier d'aller chercher des patates douces dans la remise comme j'avais l'habitude de le réclamer certains soirs où je n'avais pas sommeil. Elle épluchait très adroitement les patates douces avec un élégant couteau en fonte au bout pointu. Finalement, Bongsun est allée éteindre la lumière puis est venue se coucher à mes côtés.

35

Il y avait des nuits où je souhaitais que Bongsun vienne se coucher comme ça près de moi. Après son départ, je faisais des rêves : Bongsun s'allongeait à côté de moi comme si de rien n'était et me demandait : « Jjang-a, tu dors, Jjang-a ? » ; je me levais alors et lui disais : « Tiens, tu es là, j'ai cru que tu t'étais enfuie en m'abandonnant. Maintenant tu n'iras nulle part, d'accord ? » Quand je me réveillais, il n'y avait personne près de moi. Alors je me recouchais avant que mon rêve ne s'enfuie, je refermais doucement les yeux en essayant au maximum de ne pas bouger, de peur que ce rêve ne s'évapore telle la vapeur de la marmite dont on vient d'ouvrir le couvercle. Je faisais tout pour le rattraper et continuer à savourer ce bonheur. Hélas, Bongsun n'y réapparaissait pas et quand j'ouvrais les yeux, le jour commençait déjà à poindre.

A présent, Bongsun était revenue pour de bon, mais je sentais tout mon corps brûler comme si j'étais allongée sur un champ de gros sel, comment expliquer ça… j'étais aussi mal à l'aise que lorsqu'on porte un habit qui n'est pas à sa taille. Il me fallait bien l'admettre, on ne peut pas revenir en arrière. Avec le temps, les choses changent, personne ne peut faire comme si rien ne s'était passé. Bongsun aurait beau arborer son habituel grand sourire comme elle l'avait fait quelques heures plus tôt dans la journée, je ne pourrais plus lui répondre par un sourire comme avant. C'était cette certitude-là qui me brûlait par tout le corps.

36

Le lendemain matin, une fois mon père parti au travail et mes frère et sœur en cours, ma mère a passé des coups de fil dans tous les sens d'un air préoccupé. Pendant ce temps, Bongsun, assise près des marmites dans la cuisine après avoir fini la vaisselle, mangeait du bouillon à la croûte de riz. Quelques instants plus tard, ma mère est sortie de sa chambre. Bongsun s'est levée d'un bond, ses mains toujours autour du récipient en aluminium contenant le bouillon.

— Si tu es prête, on y va.

Au lieu de répondre, Bongsun a pincé les lèvres avant de détourner les yeux. Ma mère a enfilé ses chaussures et est venue attendre devant la cuisine.

— Dépêche-toi !

— Euh, madame, euh, je veux pas y aller.

— Mais qu'est-ce que tu racontes ? Ce matin, tu as dit oui de ta propre bouche. C'est pour ça que j'ai téléphoné à plusieurs cliniques jusqu'à en trouver une, et maintenant tu ne veux pas y aller ?

— J'arrive pas, madame, je peux pas faire ça.

— Dans ce cas-là pourquoi, avant que mon mari ne parte travailler, m'as-tu dit que tu ferais tout ce que je te demande ?

— A ce moment-là je pensais y aller mais maintenant j'ai changé d'avis, s'est obstinée Bongsun en tenant d'une main son ventre pareil à une calebasse, alors je peux pas.

Ma mère a voulu dire quelque chose mais elle s'est ravisée. Elle a poussé un long soupir avant de murmurer :

— Oui, je te comprends, il a beau être encore dans le ventre, il est déjà bien grand, alors c'est normal de ne pas prendre de décision sur un coup de tête, ce n'est pas digne d'un humain, c'est vrai. Mais Bongsun, si tu ne veux pas, qu'est-ce que tu comptes faire ? Moi, je ne peux pas t'accepter dans cet état. Je peux fermer les yeux sur tout mais pas sur ça.

La voix de ma mère était basse mais ferme. Quant à Bongsun, elle ne disait rien, les yeux fixés sur le récipient dans sa main.

— Allez, on y va.

Ma mère a fait mine de prendre les devants mais Bongsun n'a pas bougé d'un pouce. Après quelques pas, ma mère est revenue vers la cuisine.

— Est-ce que par hasard tu éprouverais toujours des sentiments pour ce bon à rien ? J'espère que non !

— …

— Je ne me trompe pas ? Ecoute-moi, Bongsun, ce garçon est un moins que rien. Comment a-t-il osé te faire des choses aussi horribles, toi qui ne mérites rien de tout ça ?

A court d'arguments, ma mère a détourné la tête.

— Non, c'est pas ça, vous vous trompez, a répondu Bongsun en baissant la tête.

Ses épaules ont commencé à tressauter, elle s'est mise à pleurer.

— Ecoute-moi bien, Bongsun, je sais ce que tu penses en ce moment, comment pourrais-je l'ignorer ? C'est vrai, cette vie qui grandit dans ton ventre n'a rien fait de mal. Mais tu ne peux pas la garder. Quel âge as-tu aujourd'hui ? Tu as encore un long avenir devant toi, n'est-ce pas ? S'il te plaît, pour une fois, écoute ce que je te dis… Une fois que tu te seras fait avorter, tu auras toutes les chances de recommencer une nouvelle vie. Il y a plein d'hommes bien dans ce monde, tu sais. Tu dois vivre avec un homme qui prend soin de toi, c'est avec ce genre d'homme que tu dois avoir un enfant…

— …

— Tu veux mettre un enfant au monde maintenant et lui faire connaître le même sort que le tien, c'est ça que tu veux ?

A cette dernière phrase Bongsun, qui sanglotait jusque-là, a arrêté net de bouger. Ma mère, qui savait que c'était là sa plus grande crainte, est entrée dans la cuisine et lui a saisi le bras pour la tirer dehors.

— Allez, allons-y, Bongsun je t'en supplie, cesse de me tracasser. J'ai contacté une bonne clinique, ils ne voulaient pas au début mais j'ai supplié pour qu'ils t'acceptent, alors suis-moi.

— Non, je peux pas le faire, s'il vous plaît madame, me demandez pas ça !

Bongsun, qui avait refusé jusque-là de manière passive, s'est soudain mise à hurler quand ma mère l'a forcée en la tirant par le bras. Le bol de bouillon a dégringolé et s'est renversé, le visage de ma mère est devenu tout blanc. Elle semblait ahurie face à cette réaction de Bongsun.

— Non, je veux pas y aller, lâchez-moi, lâchez-moi, je vous dis !

Moi qui cueillais des graines de volubilis en longeant le mur, l'air de ne pas faire attention, il me semblait que je ne pourrais pas en supporter davantage. Je me disais que je ne devais pas pleurer. Mais même si j'avais fondu bruyamment en larmes, personne ne s'en serait soucié. Tout en sentant derrière moi la résistance entêtée de Bongsun face à ma mère, j'ai continué de ramasser des graines noires et de les ranger dans la poche de ma robe. Les feuilles et les corolles gonflées des volubilis étaient toutes desséchées à présent. Mais ces graines aussi noires que des prunelles refleuriraient le long du mur au printemps prochain. Chaque matin, ces fleurs d'un violet éblouissant seraient perlées de rosée matinale. Treize, quatorze, quinze graines… Les hurlements de Bongsun résonnaient toujours et mes yeux comptant les graines se remplissaient de larmes. Je me suis recroquevillée contre le mur.

— Non, j'y vais pas, je vous ai dit que j'irai pas!

— Mais pourquoi tu t'entêtes comme ça tout d'un coup? a rétorqué ma mère qui s'était ressaisie. Jusqu'à ce matin encore, tu me disais que tu allais m'écouter. Pauvre idiote, tu ne te rends pas compte de la honte que tu nous causes dans le quartier! Quel culot de me crier dessus alors qu'on en est arrivé là à cause de toi !

Debout près du parterre de fleurs, je ne cessais de sangloter. Je ne comprenais pas concrètement le sujet de leur dispute mais j'en avais une vague idée, et de toute façon, peu m'importait. En entendant les hurlements de Bongsun et son altercation avec ma mère, il me semblait que vivre était comme marcher avec peine et affliction dans le noir, dans une boue sombre et froide, et que tout le monde errait dans une forêt encore plus sauvage et désolée que celle de *Hansel et Gretel*. J'entendais une musique de fond sourde et lugubre qui m'évoquait la triste vie des créatures humaines.

Je me suis efforcée de penser à autre chose. Je ne savais pas pourquoi je pleurais autant, mais j'étais incapable de maîtriser mes larmes qui n'arrêtaient pas de couler. J'ai pensé alors à l'un des contes que j'avais lus : pourquoi Hansel et Gretel rentraient-ils chez eux ? Ils n'avaient qu'à tuer la sorcière, prendre tous ses trésors et vivre paisiblement tous les deux dans la forêt ; pourquoi donc étaient-ils retournés dans leur maison avec leur père lâche et leur méchante marâtre ? Ce qui m'intrigue encore aujourd'hui, c'est que Bongsun avait beau crier et être plus forte que ma mère, elle s'est laissé entraîner sans résistance. Lorsqu'elles se sont arrêtées près du portail, ma mère a lâché Bongsun puis a dit en essuyant la sueur sur son front :

— Bon, je t'ai amenée jusqu'ici mais je ne peux pas te forcer davantage. Alors, que décides-tu ? Tu veux y aller ou pas ? Si tu dis oui, je m'occupe de tout, et si c'est non, très bien, tu fais comme tu veux. Mais notre relation s'arrête là et tu quittes la maison sur-le-champ. Dépêche-toi de me répondre ! C'est oui ? Ou c'est non ?

Le ton était sans appel. Elle avait dû se dire qu'elles croiseraient les habitants du quartier dès leur sortie dans la ruelle. Bongsun, qui s'était débattue farouchement jusque-là, a courbé la tête.

— Décide-toi. Si tu ne veux vraiment pas y aller, on s'arrête là. Allez, dépêche-toi de me donner ta réponse.

Le visage de Bongsun s'est contracté nerveusement, elle s'est assise lourdement par terre en étendant ses jambes comme une petite fille et s'est mise à sangloter. Du coup, moi aussi, j'ai eu envie de faire pareil. Les larmes de Bongsun étaient intarissables, il me semblait qu'elles ne s'arrêteraient jamais, tandis que ma mère, un bras appuyé contre la bâcle du portail, poussait de longs soupirs.

37

Finalement, Bongsun a suivi ma mère et après une demi-journée d'absence, elle est rentrée et s'est couchée immédiatement. Quant à ma mère, le visage aussi pâle que le sien, elle a préparé une soupe de *miyeok* [1] dans la cuisine. Au dîner, en apprenant que Bongsun était malade, ma sœur et mon frère se sont contentés de prendre un air qui semblait dire que même elle, aussi solide qu'une vache, pouvait tomber malade, puis ils ont regagné leur chambre tout de suite après avoir mangé. Bongsun, elle, n'a fait que dormir après avoir pris des médicaments, dont plusieurs sachets blancs se trouvaient à son chevet.

Durant ces quelques jours après son retour, j'ai eu encore plus peur à la tombée de la nuit que pendant cet été passé sans elle. Notre chambre était remplie d'un sentiment de manque et de nostalgie pendant son absence, mais à présent je m'y sentais mal à l'aise comme au contact d'un drap tout juste amidonné.

— Va dire à Bongsun de prendre son médicament avant de dormir, m'a demandé ma mère en me tendant un plateau sur lequel étaient posés un verre et une bouteille d'eau.

Je l'ai apporté dans notre chambre. Bongsun demeurait allongée avec la radio allumée à faible volume. Les yeux vagues, elle avait croisé ses deux mains sur sa poitrine. Du poste de radio Seven Transistor de LG, auquel on avait attaché une batterie presque aussi grande que l'appareil à l'aide d'un élastique noir, filtrait une chanson de Lee Mi-ja : *Maman*

---

1. Il s'agit d'une algue contenant beaucoup d'iode que l'on donne aux femmes qui viennent d'accoucher pour ses effets bénéfiques sur la purification et la production de sang.

nuage et bébé nuage filent côte à côte mais où est papa ? Où vit-il ? Aaahaaah, nous nous sentons seuls comme une oie égarée…

— Maman te demande de prendre ton médicament, ai-je dit en déposant le plateau à son chevet.

Bongsun, la figure blafarde au point d'en être méconnaissable, s'est contentée de me dévisager sans bouger. Sur ses lèvres exsangues, il restait encore des croûtes de sang. C'était la première fois qu'elle me regardait comme ça, sans être fâchée ou sans son grand sourire. Puis elle a baissé les yeux, a redressé le buste avec un gémissement et a sorti des médicaments d'un sachet dont le bruissement a résonné dans la pièce.

Depuis tout à l'heure j'hésitais, mais là il m'a fallu prendre mon courage à deux mains. C'était pour lui donner un gros bonbon multicolore que je gardais dans ma poche. Cette friandise pareille à une pastèque coûtait cinq wons, une somme assez importante à l'époque. J'avais économisé l'argent que mon père me donnait en récompense du piano chaque matin et, après le départ de ma mère et de Bongsun, je m'étais aussitôt précipitée à l'épicerie du quartier. J'y avais acheté deux bonbons, j'en avais mangé un et j'avais gardé l'autre en résistant à la tentation. J'ai attendu que Bongsun ait fini d'avaler le médicament amer avant de lui tendre ce bonbon. Autrefois, quand je prenais des médicaments, elle m'offrait toujours une cuillerée de sucre juste après. Bongsun m'a regardée, l'air de dire « Qu'est-ce que c'est ? » et a enfin souri comme d'habitude, puis elle a mis le bonbon entre ses dents et l'a cassé en deux de toutes ses forces avant de mettre la moitié dans ma bouche.

Moi qui pensais lui donner ce gros bonbon délicieux en entier, j'ai eu l'impression de faire une belle affaire. La Bongsun que j'aimais n'était pas du genre à manger toute seule une chose aussi succulente. Assise face à elle, j'ai fait rouler bruyamment le bonbon dans ma bouche. C'était étrange mais à mesure que cette friandise sucrée fondait dans ma bouche, toute la peine que j'avais éprouvée jusque-là semblait fondre avec elle. Bongsun aussi devait sentir la même chose, son visage l'exprimait. J'ai mis mes deux jambes sous sa couverture comme je le faisais avant et Bongsun, esquissant son fameux grand sourire, m'a prise dans ses bras.

Alors je me suis glissée plus bas pour empoigner sa hanche et lui faire des chatouilles, comme avant. Je me suis dit que cela donnerait un peu de rose à son visage tout pâle. Je voulais lui montrer que je n'avais pas du tout changé. Certes elle était partie en m'abandonnant mais maintenant qu'elle était de retour, je tenais à lui faire savoir que j'étais toujours la même Jjang-a qu'elle connaissait. Aussi ai-je plongé la tête sous la couverture en éclatant de rire. Mais à ce moment l'odeur moite du sang m'a envahie et en même temps j'ai senti sous mes mains son ventre volumineux et tout mou. Peut-être ai-je poussé un cri sous la couverture. Cette femme allongée là avait le visage de Bongsun mais le corps de quelqu'un d'autre. J'ai ôté aussitôt mes mains comme si, en mettant par hasard les doigts dans un trou dans la terre, j'avais touché une bestiole répugnante, et j'ai sorti la tête. J'avais l'impression que chacun de mes cheveux était imprégné de cette odeur moite de sang.

Il était sans doute tard. A la radio, Gu Min a commencé son émission *Les légendes des trois mille lieues* [1] : « A ce moment une lumière blanche descendit du ciel et la Dame Park se trouva enceinte, puis mit au monde un enfant. Or ce nouveau-né avait une apparence extraordinaire. » La voix de Gu Min résonnait au-dessus de nos têtes tandis qu'une atmosphère pesante régnait dans la pièce.

— C'est toi qui m'as manqué le plus, ma Jjang-a, a dit Bongsun en me caressant les cheveux. Je t'ai manqué à toi aussi ?

Est-ce qu'elle devinait mon état d'âme à ce moment ? Je ne saurais le dire. J'ai voulu lui répondre qu'elle m'avait manqué, elle aussi, mais les mots n'ont pas franchi mes lèvres car en réalité j'étais terrifiée par l'idée que sa main me caressant la tête était trempée de sang. J'avais envie de me dégager, de crier fort à en faire trembler la chambre, ou encore de pleurer la tête enfouie dans ses bras comme avant, en la suppliant de ne partir nulle part et de ne plus jamais m'abandonner. J'éprouvais une douleur sourde comme si tout mon corps était trempé dans du vinaigre. L'odeur du sang et ce ventre volumineux et tout mou… A présent, le fait qu'on ne pouvait plus revenir en arrière était devenu aussi clair et net que l'écriture dorée gravée sur la couverture d'un livre illustré.

— Ça va aller, Jjang-a, ça va aller, tout ira bien.

Oui, ces mots que Bongsun a prononcés n'étaient pas destinés seulement à moi. A bien y réfléchir, il s'agissait peut-être de l'auto-persuasion qu'une fille de dix-huit ans s'adressait à elle-même alors qu'elle venait de justesse de se détourner du bord du précipice devant

1. C'est une métaphore désignant la Corée qui mesure environ 3000 lieues de la province de Hamkyeong du Nord (extrémité nord de la Corée du Nord) à l'île Jeju (extrémité sud en Corée du Sud).

elle. Je me suis efforcée de m'éloigner le plus possible de Bongsun mais, par précaution, j'ai fait semblant de dormir pour qu'elle ne se doute de rien. Toute la nuit, entre sommeil et rêve, je l'ai entendue sangloter.

38

Apparemment ma mère avait décidé de marier Bongsun. Elle l'a annoncé un matin à mon père tout en lui nouant sa cravate. C'était peu après sa visite chez ma tante de Moraenae. J'étais dans leur chambre à ce moment-là, venue recevoir de la part de mon père les dix wons promis – cinq wons pour avoir joué du piano et cinq autres pour avoir nettoyé ses chaussures en cuir. Stupéfaite, j'ai fixé ma mère en train de parler de ça.

— La nouvelle est déjà bien répandue dans le quartier. Hier, alors que je rentrais du marché, la présidente de l'association des habitants m'a demandé discrètement ce que j'allais faire de Bongsun et si nous allions continuer à la garder avec nous; elle m'a dit aussi qu'elle voulait justement nous trouver comme bonne une gentille jeune fille. En l'écoutant, j'étais tellement gênée que j'avais le visage écarlate… Si la nouvelle continue de circuler comme ça, je m'inquiète du mauvais exemple que cela pourrait donner à Yeong-a et Jun, ils sont grands maintenant. Alors il vaut mieux la marier rapidement, n'est-ce pas, chéri? Si le bruit court au-delà de notre quartier, nous ne pourrons jamais lui trouver un mari et nous devrons la garder jusqu'à la fin de sa vie!

A cette époque, mon père rentrait toujours à la maison à l'heure du couvre-feu; il appuyait sur la sonnette pile à l'instant où la pendule sonnait minuit. Il intervenait donc rarement dans les affaires familiales et s'en désintéressait de plus en plus.

— A mon avis, ton père attend devant le portail pour appuyer sur la sonnette pile à minuit, a plaisanté un jour ma mère avec ironie.

Lui qui aimait autrefois emmener toute la famille dans sa voiture, on ne le voyait plus que rarement, même le dimanche.

Ce matin-là aussi, comme à son habitude, il s'est contenté de dire : « Fais comme bon te semble. » Voilà pourquoi ma mère avait tous les pouvoirs de décision concernant ce qui se passait à la maison.

Mon père avait sûrement bien d'autres préoccupations que celle de marier Bongsun. J'avais entendu dire qu'il participait à des réunions internationales, faisait beaucoup de déplacements à l'étranger et n'avait pas une minute à lui à force d'enchaîner les rendez-vous avec ses clients. Je ne trouvais pas ça bizarre outre mesure car presque tous les autres pères rentraient tard eux aussi. Par contre, il était différent des pères vivant dans la rangée des baraques en face, ceux qui criaient et cassaient de la vaisselle chaque soir alors qu'ils ne gagnaient même pas beaucoup d'argent ; il n'était pas non plus comme le père de Bong-cheol, par exemple, qu'on voyait ivre mort étalé dans la rue devant le bar « La Maison de Mokpo » derrière la gare routière ; en plus, le mien apportait à ma mère beaucoup d'argent chaque mois, ce qui la rendait heureuse.

Pendant un temps, ma mère a continué à aller aux réunions du *gye*, à acheter un frigo et un ventilateur dernier cri, produits qui étaient tout nouveaux à l'époque, et elle semblait parfaitement satisfaite de la situation, comme si elle avait passé un accord avec mon père avant de l'épouser. Mais au bout d'un moment, ils ont recommencé à se disputer. Parfois le téléphone que mon père avait balancé déchirait le papier de la porte. Dans ces moments-là, j'entendais ma mère se plaindre dans leur chambre :

— Tu as changé ! Tu n'es plus l'homme que je connaissais. Tu ignores complètement comment tes enfants grandissent et ce qui se passe à la maison… L'argent ? Si c'est pour cette vie minable, je n'en veux pas ! Je préfère vivre comme avant, à l'époque où nous étions encore en location !

Mais le matin venu, mes parents faisaient comme si de rien n'était et seule la déchirure du papier témoignait que je n'avais pas rêvé leur querelle. Les lendemains de ses disputes avec mon père, ma mère passait toujours un coup de fil à je ne sais qui puis se maquillait soigneusement avant de sortir. Je la trouvais chaque jour un peu plus épuisée, mais d'un autre côté, elle semblait prendre de plus en plus de soin à se faire belle, comme une personne qui se déguise différemment chaque jour pour convaincre les autres que sa vie est pleine de gaieté et de vivacité.

Bongsun s'en rendait-elle compte ou non ? En tout cas, elle attendait le départ de ma mère et allait aussitôt voir Mija. Les deux filles chuchotaient entre elles encore plus secrètement et à voix plus basse qu'avant. Quant à moi, je lisais comme d'habitude les magazines qui traînaient chez Mija, surtout les « Récits de vies dramatiques ». Ils racontaient toujours la même chose, il suffisait de changer un peu le métier et l'âge de l'homme et de la femme pour en fabriquer une centaine, mais curieusement je ne m'en lassais pas. Comment était-ce possible que les gens vivent autant d'histoires d'amour tragiques et finissent tous par franchir la ligne interdite ? Je me plongeais dans ma lecture au point d'en oublier ma mère qui n'était toujours pas rentrée malgré l'heure tardive et le papier déchiré qui était la preuve de la dispute de la veille.

39

Un jour, alors que je lisais ce genre d'histoires, Bongsun a aspiré des bouffées de la cigarette que Mija fumait, puis, comme si elle ne pouvait pas réprimer sa rancœur, elle a fondu en larmes en hurlant :

— Je l'ai aimé de tout mon cœur !

— Et lui, est-ce qu'il t'aimait ? Tu parles ! Tu sais, même pour l'amour faut de l'argent. Tu l'as suivi sans un sou, imagine, quel homme pourrait aimer ça ? Byeong-sik croyait sûrement que tu lui apporterais la bague de diamant, c'est pour ça que je t'ai dit, ma pauvre, qu'il fallait résister et ne pas te donner à un homme avant qu'il t'épouse.

Mija a grondé ainsi Bongsun mais elle a fini par pleurer, elle aussi. Les deux jeunes filles assises au bord du grand *maru* ont sangloté comme ça en ignorant ma présence. Cela leur est arrivé souvent lors de cette période entre l'hiver et le printemps. Je me disais alors que Mija devait aussi avoir un passé douloureux en amour. Oui, les deux jeunes filles devaient pleurer ainsi à cause de leurs histoires affectives malheureuses. Et ces histoires étaient sûrement très compliquées : leurs parents qui n'étaient jamais tendres à leur égard, elles qui étaient montées dans un bus pour Séoul, un petit baluchon serré contre leur poitrine, roulant sur une route de campagne poussiéreuse, et ce simplement pour que leurs familles aient une bouche de moins à nourrir. Leurs cœurs étaient meurtris par ce grand manque d'amour. Le plus étrange, c'est qu'en les entendant pleurer comme ça, moi aussi je me suis mise à sangloter sans raison.

— Oh mais Jjang-a, pourquoi tu pleures, toi aussi ? s'est enquise Mija.

Sans lui répondre j'ai sangloté de plus belle, alors les deux jeunes filles ont échangé un regard, l'air de dire : « Qu'est-ce qu'elle a cette petite ? » puis elles ont éclaté de rire avant de se remettre à pleurer.

L'automne dernier, un magazine progressiste a organisé un concours de rapports de lecture autour de l'un de mes romans ; une vingtaine de lectrices ont été sélectionnées et c'est dans ce cadre que j'ai fait un voyage avec elles à Saipan. Lors d'une table ronde, une femme s'est levée et, en parlant de l'héroïne du roman, elle a avoué que l'enfance de celle-ci ressemblait fort à la sienne : « Mon père aussi a emménagé avec une autre femme. Ce n'était pas un père aussi mauvais que dans le roman mais ma mère, ma petite sœur et moi en avons beaucoup souffert et pendant longtemps... » La gorge nouée, elle n'a pas terminé sa phrase.

Une femme assise à ma gauche, qui présidait la réunion, s'est alors adressée à elle : « Reprenez votre calme et continuez de nous parler, s'il vous plaît. Quelle impression vous a laissée ce roman ? » Elle s'est interrompue tout à coup et a posé son micro, ses yeux débordaient de larmes. La première femme, qui s'était remise de son émotion et voulait répondre à la question de la modératrice, a commencé à remuer les lèvres, puis, n'en pouvant plus, elle a éclaté en sanglots, son visage enfoui dans ses mains. Ne sachant quoi faire, j'ai regardé la responsable éditoriale du magazine assise à ma droite mais celle-ci était en train d'essuyer ses larmes avec un mouchoir. Perplexe, j'ai tourné cette fois la tête devant moi et toutes les lectrices installées au premier rang avaient les yeux humides et certaines tenaient leur mouchoir à la main. J'ai voulu leur dire : « C'est vraiment bizarre, pourquoi pleurez-vous alors que ce n'est même pas une histoire très triste, c'est une histoire banale comme on en rencontre partout, il n'y a pas de quoi verser des larmes comme ça, allez, continuons ! » Mais des larmes se sont mises à couler de mes yeux à ce moment-là. Nous avons pleuré ainsi pendant une bonne demi-heure. Sans raison. Bien sûr, chacune devait avoir ses propres raisons.

Il s'agit là d'un phénomène qu'on voit souvent chez les femmes, un phénomène que les hommes ne comprennent pas. Le fait que les femmes pleurent ensemble est quelque chose de mystérieux et difficile à expliquer rationnellement. Ce qui est arrivé à Bongsun, Mija et moi cette fois-là doit être lié à ce phénomène.

Or ce jour-là, pendant que nous pleurions toutes les trois, nous avons entendu tout à coup le portail s'ouvrir. Mija s'est levée lentement en murmurant qu'elle n'attendait personne et aussitôt après a retenti une voix qui m'était familière :

— Est-ce que par hasard Bongsun est là ?

C'était ma mère. Mija a caché précipitamment le cendrier et écrasé la cigarette qu'elle était en train de fumer, mais ma mère, qui avait déjà dépassé le grand portail puis franchi le petit portail, a été un peu plus rapide. J'ai dissimulé mon magazine derrière moi tandis que Bongsun s'affairait à débarrasser des choses tout en évitant le regard de ma mère, hélas, elle n'a pas eu le temps d'enlever la bouteille d'alcool et les verres posés sur le *maru*. Ma mère, vêtue d'un *hanbok* en velours bleu ciel couvert d'un grand motif de chrysanthème sauvage bleu marine en relief – ce *hanbok* destiné aux saisons du printemps et de l'automne était à la mode à l'époque –, s'est immobilisée net, l'air ahuri, et a lancé une seule phrase avant de ressortir :

— Dépêche-toi de rentrer à la maison avec Jjang-a.

Bongsun et moi, très mal à l'aise, avons enfilé en hâte nos chaussures et sommes rentrées chez nous. Ma mère, qui s'était déjà changée en habits de tous les jours, a poussé la porte de sa chambre et nous a fixées, alors que nous étions en train de franchir le portail, puis elle a poussé un soupir avant de dire brièvement :

— Ne laisse pas la maison vide. Il paraît qu'en ce moment les voleurs grouillent dans le quartier.

40

Ma mère n'a fait aucun autre commentaire à Bongsun mais, le soir, elle m'a appelée et m'a menacée de nous chasser, elle et moi, si jamais nous retournions chez Mija ne fût-ce qu'une fois, ce qui m'a fait pleurer. C'est sûrement cet épisode qui a décidé ma mère à marier Bongsun alors qu'elle avait à peine dix-neuf ans. En tout cas, depuis ce jour, chaque fois qu'elle regardait Bongsun, elle affichait une mine perplexe comme si elle se demandait ce qu'elle allait faire d'elle.

— Je vois qu'elle a complètement la tête ailleurs, a dit un jour ma mère au téléphone avec ma tante de Moraenae. Parfois, elle me fait peur. Ce n'est plus la Bongsun que j'ai connue. Bon, ce n'est pas très grave pour Jjang-a qui est encore petite, mais c'est embêtant pour Yeong-a et Jun. Oui, essaie de te renseigner davantage sur l'homme dont tu m'as parlé la dernière fois. Peu importe qu'il soit veuf et qu'il ait un enfant, il suffit qu'il traite bien Bongsun. Qu'est-ce que ça peut faire s'il est moche ? Ce n'est pas la beauté d'un homme qui va procurer de quoi se nourrir et se loger, n'est-ce pas ? S'il prend soin de Bongsun et qu'il est généreux et assure sa subsistance, c'est tout ce qu'on demande... C'est vrai, tu as raison là-dessus mais Bongsun n'est pas non plus une jeune fille innocente, il faut prendre ça en compte.

Ma mère parlait souvent de ces choses-là au téléphone avec ma tante de Moraenae. Bongsun en était-elle informée ? Toujours est-il que celle-ci, ayant récupéré un ventre normal et étant devenue plus mince, avait recommencé à s'amuser avec moi, même si ce n'était pas tout à fait comme avant ; elle se rendait aussi parfois chez Mija à l'insu de ma mère et fumait avec son amie.

Bongsun semblait avoir retrouvé sa vie d'avant. Chaque nuit, je me glissais sous sa couverture et la suppliais de me raconter une histoire à faire peur. Elle maugréait : « Mais je t'ai raconté déjà tout ce que je sais. » Et elle entamait l'une de celles que je connaissais déjà mais en la transformant légèrement.

J'ai su plus tard qu'elle avait lu ces histoires dans des livres, sans images mais avec beaucoup de texte, dans la chambre de ma sœur et de mon frère, puis me les avait racontées avec un langage d'enfant pour que je puisse comprendre.

41

Ainsi a passé l'hiver de cette année-là et le printemps est arrivé. Je ne savais pas depuis quand les rayons pâles du soleil qui frappaient le sol cimenté de la cour étaient devenus plus dorés. Je venais d'avoir cinq ans. Le spitz du voisin a eu cinq chiots à la fourrure blanche. Les petits chiens des alentours, qui avaient aboyé tous poils dressés pendant quelque temps à la vue de Bongsun, ne faisaient plus attention à elle. Les habitants du quartier qui avaient jasé à son sujet à son retour lui adressaient désormais des paroles gentilles comme : « Dis donc, avec l'arrivée du printemps, je te trouve bien jolie, ma petite Bongsun. » Aucun souvenir, si horrible soit-il, ne pouvait abattre Bongsun ; à dix-neuf ans tout juste, elle était trop jeune pour ça. Et c'était le printemps.

42

Un matin très tôt, ma mère a accompagné Bongsun chez une coiffeuse. Au retour, Bongsun avait les cheveux très volumineux, on aurait dit qu'elle avait une calebasse sur la tête. Il paraît que c'était la coiffure à la mode à l'époque. Elle portait un tailleur deux-pièces rose clair que ma mère lui avait acheté quelques jours plus tôt, ce qui la transformait complètement, elle avait l'air de quelqu'un d'autre. Un maquillage discret camouflait légèrement son visage grêlé ; son rouge à lèvres couleur d'azalée lui allait moins mais elle était vraiment devenue une séduisante demoiselle, et personne dans la rue ne la croisait sans lui jeter un coup d'œil.

— Waouh, tu es très belle, grande sœur ! me suis-je exclamée.

Mais Bongsun n'avait pas l'air très réjoui.

— Tu connais le lieu de rendez-vous, n'est-ce pas ? lui a demandé ma mère. Il paraît qu'il va monter à Séoul par le car du matin. Au début j'ai voulu choisir le Café Gung, juste en bas, mais j'ai pensé que ça te gênerait de rester dans ce quartier, et donc j'ai fixé le rendez-vous au Café Yangji, à côté de la clinique pédiatrique Songnim près du pont Gulebang. Ma sœur de Moraenae va l'accompagner, alors ne t'inquiète pas... Dis donc, ma petite Bongsun, habillée comme ça, tu es vraiment jolie. On dit que les femmes, il leur suffit d'un peu d'argent et de temps pour être belles et c'est bien vrai. Pars maintenant, tu vas être en retard.

Mais Bongsun ne semblait pas vraiment vouloir partir. Assise sur le *taetmaru* devant notre chambre, elle n'arrêtait pas de frotter contre le sol les bouts de ses nouvelles chaussures en cuir marron.

— Madame, est-ce que je peux ne pas y aller ?

— Mais qu'est-ce que tu racontes là ? Il s'agit d'un parent éloigné du côté de la belle-famille de ma sœur de Moraenae. Si tu n'y vas pas, ma sœur va perdre la face. Oh là là, quand tu commences à t'entêter comme ça sans raison, j'ai mon cœur qui bondit et bat la chamade toute la journée. Mais dis-moi, qu'est-ce qui t'a encore fait changer d'avis ?

— J'ai pas envie de me marier, madame.

— Quoi ?

— Je veux vivre ici juste en m'occupant de Jjang-a et du ménage.

Elle parlait comme une enfant. Ma mère a pris son front dans ses mains et est allée s'asseoir sur le grand *maru*.

— Bongsun, la meilleure vie pour une femme, c'est d'épouser un homme qui l'aime et d'avoir des enfants. Jjang-a va grandir et moi je vais vieillir. Alors que deviendras-tu si tu restes ici jusqu'à l'âge d'être une grand-mère au dos plié en deux ? On peut presque dire que tu es orpheline, alors tu dois avoir des enfants sur qui tu pourras compter.

— …

— D'après ce que j'ai entendu dire, cet homme est sincère, travailleur et très correct, a continué ma mère doucement en réprimant sa colère bouillonnante. Il a trente-deux ans, c'est un bel âge pour un homme, non ? Je te connais, Bongsun, tu dois épouser un homme plus âgé que toi qui te trouve jolie et qui t'adore. En plus, il vit à la campagne, il n'a aucun souci pour se nourrir et il possède quelques terres. Pour le reste, il loue des terres, mais pas celles d'inconnus puisqu'elles appartiennent à la famille de son grand frère ; il n'est donc pas si pauvre que ça… Accepte de le rencontrer. S'il ne te plaît vraiment pas, tu te contenteras de boire un café, de rester un petit moment avec lui et de rentrer. Et je n'insisterai plus là-dessus.

— J'ai pas envie de me marier, alors à quoi ça sert de le rencontrer ? Vous pouvez pas lui dire de pas monter à Séoul maintenant, madame ?

— Je t'ai expliqué mille fois mais tu ne comprends toujours pas ? Hier encore tu m'as affirmé que tu ferais ce que je te demande, c'est-à-dire faire un bon mariage et vivre heureuse.

— Je voulais dire par là que je me marierais un jour et ne resterais pas ici jusqu'à la fin de mes jours, mais pas que je voulais me marier aussi rapidement.

— Dans ce cas, pourquoi es-tu allée chez la coiffeuse ce matin ?

Ma mère qui avait été patiente jusque-là a commencé à hausser le ton.

— Quand la nouvelle de ton histoire malheureuse se sera répandue partout, aucun homme, même un veuf, ne voudra plus t'accepter comme épouse, tu veux rester célibataire jusqu'à la fin de ta vie ? Supposons que tu épouses un jeune homme, que feras-tu s'il découvre ton passé lors de la nuit de noces ? Une femme mariée qui est chassée par son mari, c'est la fin du monde pour elle, tu le sais, et malgré tout tu t'obstines comme ça ?

Les yeux baissés, Bongsun s'est mise à sangloter. Ses larmes ont commencé à souiller son visage soigneusement maquillé.

— Pourquoi pleures-tu ? a crié ma mère. Ma pauvre, pourquoi t'es-tu enfuie pour revenir dans cet état misérable ? Tu as suivi ce bon à rien à mon insu, tu aurais dû vivre avec lui jusqu'à la mort !

C'était la première fois que je voyais ma mère aussi vexée depuis la disparation de Bongsun au début de l'été dernier. Bongsun a sangloté de plus belle. Rouge de colère, ma mère est entrée dans sa chambre en coup de vent et en est ressortie quelques instants plus tard avec une petite serviette de gaze, puis elle s'est installée près de Bongsun et a dit d'une voix calme tout en lui essuyant le visage :

— Allons, cesse de pleurer et dépêche-toi d'y aller. De toute façon, tu n'as pas le choix puisque le rendez-vous est pris. S'il ne te plaît vraiment pas, tu n'as qu'à boire ton café et rentrer. Comme j'ai dit tout à l'heure, je ne te reprocherai rien. Que veux-tu que je fasse si l'homme ne te plaît pas ?

Elle a reniflé, l'air contrarié. Quant à Bongsun, elle a dû comprendre qu'elle ne pouvait résister davantage et elle s'est levée lentement. Elle a fait quelques pas puis s'est arrêtée tout à coup.

— Euh… madame ?

— Qu'est-ce qu'il y a encore ? a répliqué ma mère, inquiète à l'idée que Bongsun ne fasse un nouveau caprice.

— Eh ben, Jjang-a… Je peux amener Jjang-a avec moi ?

— Quoi, Jjang-a ? Oh, mais pourquoi veux-tu la prendre avec toi ? C'est un rendez-vous galant entre un homme et une femme. Même ma sœur va rester juste le temps de vous présenter et après elle va venir directement ici.

— Sans Jjang-a je veux pas y aller, s'est butée de nouveau Bongsun en se rasseyant.

Quand elle s'entêtait ainsi comme une bourrique, selon l'expression de ma mère, Bongsun avait l'habitude de faire une moue avec ses lèvres charnues et elle l'a faite cette fois aussi.

Ma mère, lassée, s'est tournée vers moi. Ayant discrètement écouté leur conversation tout en jouant avec mes osselets dans un coin de la cour, j'ai souri jusqu'aux oreilles parce que j'étais justement très curieuse de savoir ce qu'était un rendez-vous galant entre un homme et une femme.

— Bon, d'accord, a répondu ma mère avec résignation. Vas-y avec Jjang-a, emmène-la !

— Maman, qu'est-ce que je vais mettre comme vêtements ? ai-je demandé, le sourire toujours aux lèvres, tellement contente à l'idée de pouvoir enfin visiter ce lieu appelé « Café ».

— Comment ça, quels vêtements? Va comme tu es, tu n'es encore qu'une petite fille, ce n'est pas toi qui rencontres le futur marié, je te signale, a répliqué ma mère sèchement.

Malgré tout, elle m'a emmenée au point d'eau dans la cour, m'a lavé rapidement le visage et peigné et arrangé les cheveux avec sa main. Puis j'ai suivi Bongsun dans mon pantalon étriqué de tous les jours et mes chaussures en plastique multicolores.

43

Lorsque Bongsun et moi sommes entrées dans le Café Yangji, l'heure du rendez-vous devait être largement dépassée. En nous voyant, ma tante s'est levée et a poussé un soupir de soulagement. Nous avons pris place. Bongsun étant ma grande sœur, l'homme en face d'elle était mon futur beau-frère. Comment le décrire? Il était petit, solide et avait le teint sombre. Vêtu d'un vieux blouson gris foncé, il avait un visage luisant semblable à un parquet enduit d'huile de soja, sans doute à cause de ses cheveux huilés. Après la présentation des deux jeunes gens, mon futur beau-frère a commandé un café « Morning » et Bongsun a fait de même; quant à moi, ignorant le signe discret de ma tante qui voulait que je me lève, je me suis serrée contre Bongsun et j'ai demandé un jus de fruit. Tout en sirotant ce jus sucré, j'ai scruté le visage de l'homme en face; son teint sombre m'a un peu déplu mais il avait les traits réguliers, il n'était pas si laid. Bongsun, elle, restait la tête baissée. Mon futur beau-frère a soufflé bruyamment sur la tasse de café contenant un jaune d'œuf avant de le boire, puis il a émis plusieurs toussotements.

Alors ma tante s'est levée en disant qu'elle allait les laisser seuls. Bongsun et l'homme l'ont imitée pour la saluer mais moi je suis restée assise, car il restait encore beaucoup de jus dans mon verre. En fait, la raison principale était que j'avais peur que, dès que je serais debout, ma tante m'entraîne hors du café jusqu'à chez moi. C'était évident.

J'ignorais ce qui avait été convenu entre ma mère et ma tante, mais celle-ci, depuis mon arrivée au café, n'avait pas arrêté de me faire des signes comme à un sourd-muet. Elle voulait sûrement dire par là que je devais l'imiter quand elle se lèverait, ou quelque chose comme ça. Mais moi je faisais mine de ne pas les voir et me contentais de serrer mon verre de jus de fruit dans mes mains. « Je suis une petite enfant, j'ai à peine cinq ans, c'est normal que je ne comprenne pas, c'est tout », voilà ce que je me disais. Cependant, sans Bongsun qui faisait tout pour me garder avec elle, ma tante m'aurait ramenée à la maison, quitte à me faire sortir de force. Mais Bongsun était plus têtue que ma tante, et finalement cette dernière, sans doute gênée de se quereller au sujet d'un enfant en pareille circonstance, a adressé à l'homme un sourire équivoque, puis m'a lancé une œillade furieuse alors que je persistais à ne pas croiser son regard, avant de quitter les lieux.

A présent il ne restait que Bongsun, mon futur beau-frère et moi dans le café. Bongsun, tête baissée, tripotait son mouchoir de gaze tandis que moi, je m'étais glissée sous la table et m'amusais à tirer sur sa jupe. Elle a repoussé plusieurs fois mes mains d'un air confus, puis au bout d'un moment, elle a penché la tête sous la table et a gloussé avec moi. Alors l'homme, mal à l'aise, s'est raclé la gorge pour marquer son embarras.

— Euh, si vous avez pas encore mangé, vous voulez qu'on aille dans un restaurant ? a-t-il demandé enfin.

Il semblait vraiment ennuyé de ne pas savoir de quoi parler. Bongsun qui rigolait avec moi a consulté sa montre, c'était sa première montre, mon père la lui avait achetée en revenant d'un récent déplacement au Japon, et elle a pris un air hésitant. Si, sous la table, je ne l'avais pas encouragée, par un hochement de tête et en tirant sa jupe, à accepter la proposition et ne lui avais pas chuchoté qu'elle passerait un bon moment en se régalant d'un délicieux déjeuner, elle serait rentrée à la maison assez rapidement. Car on aurait dit que l'homme ne lui plaisait pas du tout et qu'elle répugnait à rester assise là une seconde de plus.

Si Bongsun était rentrée avec moi à la maison ce jour-là, au lieu de suivre cet homme au restaurant, sa vie aurait-elle changé ? Dans un premier temps, en me rappelant cet épisode, je me suis dit « peut-être » ; que si elle avait rencontré quelqu'un d'autre, sa vie aurait été différente ; je me suis sentie un peu coupable à l'idée d'avoir contribué à son malheur, même si je n'étais qu'une jeune enfant et n'avais aucune mauvaise intention à son égard ; j'ai pensé aussi que le destin d'une personne pouvait être influencé inéluctablement par une si petite chose et que rien n'était insignifiant dans la vie.

Mais par la suite, j'ai changé d'avis. Si Bongsun n'avait pas rencontré cet homme, en effet sa vie aurait été différente, mais sans doute aurait-elle été malheureuse de toute façon, car j'ai compris la raison pour laquelle rien n'est insignifiant dans la vie : quand une personne fait face à un choix, même dérisoire, c'est la totalité de son vécu qui en décide ; aussi, l'important n'est pas la rencontre elle-même mais l'ensemble du vécu qui l'oriente.

44

J'ai émergé de sous la table, toute réjouie à l'idée d'aller déjeuner au restaurant. L'homme m'a regardée un moment et a esquissé un sourire gêné. Alors je l'ai trouvé sympathique, ce futur beau-frère au teint sombre et aussi luisant qu'un parquet en bois huilé. Son regard était nettement différent de celui, sournois, du dénommé Byeong-sik, sans doute parce qu'il était déjà père d'un enfant.

— Qu'est-ce que vous aimez manger ?

A cette question de l'homme, Bongsun m'a regardée comme une jeune mère célibataire sur le point de se marier qui chercherait l'assentiment de son enfant.

— Tu t'appelles Jjang-a, c'est ça ? Et toi, qu'est-ce qui te fait envie ? m'a demandé l'homme d'une voix douce.

Heureusement pour moi, il n'avait pas trop l'air de détester ma présence. Son ton manquait de naturel, certes, mais c'était sûrement parce qu'il était un campagnard gauche et timide. Je lui ai aussitôt donné le nom du plat auquel j'avais songé directement après avoir entendu qu'on allait déjeuner.

— Du *tonkatsu*.

L'homme a semblé perplexe. A cette époque, les restaurants occidentaux étaient encore rares. En fait, on aurait dit qu'il entendait ce mot pour la première fois.

— Ah bon, et ce *tonk*… on peut le manger où ?

Il avait bafouillé sans bien savoir prononcer le mot *tonkatsu*, mais moi je l'ai repris triomphalement en l'articulant de façon si distincte que tout le monde dans le café a dû l'entendre.

— D'ici il faut traverser une passerelle, puis il suffit de marcher un peu en direction de l'école élémentaire Chugye et on tombe sur un restaurant de poulets rôtis qui s'appelle Solomon, on y sert du *tonkatsu*, si vous ne connaissez pas bien, vous n'avez qu'à me suivre.

Tout enthousiaste, j'ai ouvert la marche. Mes deux compagnons m'ont emboîté le pas sans même prendre le temps de réfléchir. L'homme d'abord, suivi par Bongsun. A force de veiller à ne pas me perdre dans cette ville si compliquée et de se retourner pour s'assurer que Bongsun nous suivait bien, il transpirait abondamment alors qu'on n'était qu'au début du printemps. J'ai traversé la passerelle près du marché d'Ahyeon puis me suis dirigée vers le restaurant Solomon.

Quand je ne pleurais pas après une piqûre au centre pédiatrique Songnim – qui existe encore aujourd'hui près du pont Gulebang – ou quand j'accomplissais parfois des choses méritant une récompense, ma mère m'emmenait dans ce restaurant manger un *tonkatsu* ou une omelette. Le goût savoureux et croustillant de cette côtelette de porc panée garnie de ketchup, mmm, qu'est-ce que c'était bon !

Nous avons commandé tous les trois ce fameux plat. Bien sûr, je me suis aussi fait offrir un verre de coca. Comme mon futur beau-frère ne savait pas utiliser sa fourchette et son couteau, Bongsun a tiré son assiette vers elle et découpé la viande en petits morceaux avant de la lui rendre. Au moment où elle repoussait son assiette vers lui, j'ai vu le visage de l'homme rougir et sa gorge se nouer sous l'émotion. Et comme si c'était contagieux, le visage de Bongsun a rougi à son tour et s'est installée entre eux deux une ambiance étrange et agréable.

45

Cet après-midi-là, sur le chemin du retour nous nous sommes arrêtées chez Mija, on aurait dit que nous nous étions donné le mot tacitement. Je ne sais pas ce qui se passait dans la tête de Bongsun, ce jour-là elle n'a pas fumé la cigarette proposée par Mija, et elle est allée poser les fesses au bord du grand *maru*. Son visage s'est éclairé comme si un spot était braqué sur elle avant de s'éteindre pour le changement de décor.

— Et alors ?

— C'est vraiment bizarre, au moment où je lui ai rendu son assiette après avoir découpé en petits morceaux son *tonkatsu*, j'ai senti que l'émotion lui serrait la gorge. Là j'ai songé comme il devait se sentir seul et triste depuis la mort de sa femme et j'ai eu l'impression que nous nous connaissions depuis très longtemps. Comment expliquer ça ? C'est un peu comme si le destin nous avait liés, il est seul et triste, je dois le consoler, un truc comme ça. Après il a mis du ketchup sur un morceau de viande et il l'a déposé discrètement sur mon assiette, t'imagines ça ? Alors j'ai eu une idée tout à coup : oui, ce serait bien de vivre comme ça ensemble, déposer un truc délicieux dans son bol et lui dans le mien. De toute ma vie, personne n'a eu pour moi ce genre de geste attentionné, c'est le premier. Je sais pas trop mais en venant jusqu'ici j'ai pas arrêté de me dire que notre rencontre était prédestinée...

— Mais tu m'as déjà dit la même chose quand tu sortais avec Byeong-sik, non ? a coupé Mija alors que la voix de Bongsun devenait de plus en plus rêveuse.

— Moi ? J'ai dit ça ? Non, c'était un peu différent avec Byeong-sik. A cette époque je pensais souvent qu'il n'était pas mon âme sœur. Il n'était pas gentil avec les femmes. Mais l'homme que je viens de rencontrer n'est pas comme ça. Il est très gentil et il me fend le cœur. Il est monté dans un car ce matin tôt et a fait tout ce chemin pour me voir. Qui ferait ça pour moi ? Je sais pas pourquoi mais je sens que lui et moi on est liés par le ciel.

Bongsun avait dû lire, elle aussi, beaucoup trop d'histoires d'amour émouvantes dans les magazines, c'était évident, car toutes les héroïnes de ces récits disaient la même chose. Elles aussi étaient toujours touchées par le dévouement de leurs hommes. Ces paroles de Bongsun qui ressemblaient trop à celles des protagonistes des récits que j'avais lus m'ont gênée un peu sans pouvoir l'expliquer, mais elle, la mine devenue aussi rose que son tailleur, arborait un sourire rayonnant de bonheur.

46

— Alors, comment tu l'as trouvé ? a demandé ma mère. D'après ma sœur, il paraît que tu lui plais.

Bongsun, arrêtant de plier le linge, a baissé la tête timidement et esquissé un sourire béat. Ma mère, perspicace, n'a pas manqué de remarquer son expression et a tout compris.

— Eh bien, je suis contente que vous vous soyez plu au premier rendez-vous, mais tu sais, il est difficile de connaître le fond de la pensée de quelqu'un. Il arrive souvent qu'on ne se connaisse pas soi-même, alors inutile de parler des autres, n'est-ce pas ? Bon, on sait déjà qu'il est veuf mais pour le reste il faut que tu l'observes sous toutes les coutures pour mieux le connaître, le voir seul à seule et avec d'autres gens, quand il est ivre et dans plein de circonstances différentes ; le problème, c'est que vous habitez loin l'un de l'autre, cela m'inquiète un peu… En tout cas, tu ne dois pas te précipiter, d'accord ? Quoi qu'on dise, tu es une jeune fille, tu n'as jamais été mariée tandis que lui est veuf, tu ne dois pas lui céder trop facilement. Plus la femme se montre exigeante, plus l'homme la considère comme précieuse, tu as compris ?

Ma mère avait dit à Bongsun que le mieux pour elle était de se marier, elle l'avait dit et redit, mais elle avait l'air inquiète maintenant que Bongsun semblait attirée par cet homme.

— Je ferai tout ce que vous me dites, madame, a répondu Bongsun avec la timidité d'une jeune mariée.

— *Aïgo*, depuis quand notre Bongsun est aussi docile que ça ? a plaisanté ma mère.

Puis, se rappelant sans doute son refus entêté d'aller au rendez-vous le matin même, elle lui a décoché un regard faussement furieux avant de reprendre :

— Tout à l'heure, tu ne voulais pas y aller et maintenant que tu l'as rencontré, tu as envie de te marier, à ce que je vois.

Bongsun ne lui a pas répondu. A partir de ce jour, sa mine est devenue radieuse.

— Quand notre Bongsun est épanouie, elle ressemble vraiment à une fleur de pêcher, a commenté un jour ma tante de Moraenae qui était passée nous voir.

D'après elle, du côté de l'homme, tout allait bien et la famille voulait donc hâter le mariage avant le repiquage du riz.

— Le futur mari est un peu bourru, il n'exprime pas beaucoup ses sentiments mais là, depuis son premier rendez-vous, il a un sourire jusqu'aux oreilles tous les jours, a ajouté ma tante. Comme il faut cultiver la terre et que la saison bat son plein, il ne peut pas venir la voir alors qu'il en a très envie.

— Tout de même, on ne peut pas prendre une décision aussi importante après une seule rencontre, ça ne se fait pas, non ? a protesté ma mère, avec réticence.

— Tu sais, les gens de la campagne sont comme ça. Il paraît que la femme du frère de mon mari l'a épousé sans même l'avoir rencontré, et malgré tout elle a eu six enfants avec lui et mène une vie heureuse.

Bref, à cette époque Bongsun avait le visage rayonnant de bonheur. Ce n'était pas le même genre de bonheur que lorsqu'elle fréquentait Byeong-sik. Chaque nuit, le visage couvert de tranches de concombre, elle fredonnait des chansons de Nam Jin, chanteur très populaire en ces années-là, et elle devenait de plus en plus radieuse, pareille à la lumière du soleil printanier qui se réchauffait de jour en jour. Bien qu'il soit très pris par le travail aux champs, l'homme montait de temps en temps à Séoul et à ces occasions Bongsun, le visage tout rosi, sortait le rejoindre, cette fois avec l'autorisation de ma mère. Et bien sûr sans moi.

Puis un jour, alors qu'elle était sortie le retrouver, elle est revenue à la maison avec lui. Il tenait à la main un paquet de biscuits pour moi et un poulet. Ma mère, forcée de jouer le rôle de la belle-mère alors qu'elle avait à peine trente-cinq ans, était perplexe, ça sautait aux yeux, mais elle a invité l'homme à entrer et lui a offert une tasse de thé avant de le congédier.

— Il est venu sans être invité, a dit ma mère à Bongsun qu'elle a convoquée après le départ de l'homme. Je n'ai pas eu le temps de préparer un plat de poulet comme toutes les belles-mères coréennes le font pour la visite de leur gendre. La prochaine fois, je respecterai cette coutume. Quoi qu'on dise, ici c'est ta famille, je ne dois pas le gâter trop dès le début, sinon il va se croire tout permis. Vous vous mariez parce que vous vous plaisez, d'accord, mais toi tu es une jeune fille qui n'a jamais été mariée alors que lui est déjà veuf, nous n'avons aucun intérêt à trop le dorloter. Donc tu dois faire semblant d'accepter sa demande en mariage à contrecœur, tu comprends ça ? Je sais qu'il est veuf depuis trois ans, mais tout de même, j'ai l'impression qu'il se précipite trop. Pour un mariage, il faut procéder selon les règles. Au fait, est-ce que vous vous êtes déjà promis l'un à l'autre ?

Bongsun ne lui a pas répondu.

— Bon, je le trouve assez sympathique. C'est simplement son teint verdâtre et le fait que vous vous connaissiez depuis à peine un mois qui me dérangent un peu.

— C'est bientôt la haute saison là-bas, alors il aura du mal à venir à Séoul et en plus ils manqueront de main-d'œuvre à la campagne, donc j'aimerais bien y aller pour lui donner un coup de main et m'occuper aussi de son enfant livré à lui-même.

— Tu te prends pour un bœuf ou quoi ? s'est énervée brusquement ma mère. Tu veux te marier pour travailler ?

Bongsun a rentré la tête dans ses épaules.

— Lui, c'est sa deuxième union, mais toi, la première. Ce serait plus correct qu'il attende de finir son travail aux champs et t'emmène pendant une période tranquille…

— Vous inquiétez pas, madame, je ferai en sorte que tout se déroule bien. J'ai vu sa fille en photo, elle était toute crasseuse et ça m'a fait pitié de la voir comme ça. J'ai hâte de la rejoindre et de lui donner un bon bain… Je voudrais aussi leur préparer un ragoût bien chaud… J'ai vraiment le cœur serré de les voir dans cet état…

— Je vois que ton cœur est déjà là-bas. Je ne te fais pas de reproches mais je ne sais pas si c'est vraiment dans ton intérêt.

Certes, ma mère s'inquiétait de voir la famille de l'homme se précipiter pour le mariage mais en même temps elle se disait, j'en étais certaine, que Bongsun n'était pas non plus sans défaut, alors mieux valait ne pas hésiter davantage.

— J'espère qu'il ne va pas chicaner à cause de ton passé, a repris ma mère. Bongsun, quoi qu'il arrive, tu ne dois jamais lui parler de ta mésaventure, il faut que tu gardes le silence à ce sujet jusqu'à la fin de tes jours. Il ne s'agit pas là d'un mensonge mais c'est pour votre bien à tous les deux, d'accord ?

La famille de l'homme était pressée et Bongsun dans tous ses états, aussi les préparatifs de la cérémonie ont-ils à peine duré quelques mois. Mon futur beau-frère montait à Séoul chaque week-end et il est même venu chez nous. A ces occasions, Bongsun se montrait aussi timide qu'une jeune fille qui voit pour la première fois un garçon, et il en était de même pour lui.

47

Un samedi où les cerisiers étaient en pleine floraison, Bongsun, ma mère et moi avons embarqué à bord de la voiture de mon père vers une salle de mariage de la petite ville de Namyang, dans la province de Gyeonggi. Le beau temps qui régnait jusqu'à la veille encore a commencé à se gâter et vers midi s'est mise à tomber une bruine printanière.

— Oh, voilà que tombe la précieuse pluie, qu'elle est douce et réjouissante après la sécheresse !

Ma mère a bien prononcé le mot « réjouissante » mais elle n'avait pas l'air si enchantée que ça. Même si on souffrait de la sécheresse, elle aurait préféré qu'il ne pleuve pas le jour du mariage.

— C'est agréable de voir tous ces arbres, montagnes et rivières assoiffés se désaltérer, c'est un signe que notre Bongsun va mener une vie heureuse…

Elle s'est interrompue un moment et a repris en se tournant vers celle-ci :

— Bongsun, je t'ai accueillie quand tu étais toute petite et je t'ai élevée de mon mieux, mais j'imagine que tu as beaucoup de ressentiment à mon égard. A présent ce ne sont que des histoires anciennes, oublie tout et sois heureuse ! Quoi qu'il arrive, si tu es gentille avec ta belle-famille et que tu respectes ton mari comme le ciel, tu auras forcément une vie agréable.

Peu importe ce qu'on dit de toi, tu as bon cœur, oui, tu finiras forcément par être heureuse.

Tout en disant cela, ma mère essuyait ses larmes. Bongsun, en robe de mariée louée chez une coiffeuse à Séoul, le visage bien maquillé et légèrement caché par un voile en tulle blanc, avait déjà commencé à pleurer avant ma mère. Les gens qui ont eu la vie dure ont la larme facile. Et de fait, c'était bien leur cas.

— Pourquoi pleures-tu alors que c'est ton jour le plus heureux ?

— J'oublierai jamais vos bienfaits, madame.

— Comment ça, mes bienfaits ? Il me suffit que tu sois heureuse.

Et ma mère a essuyé les larmes de Bongsun. Cette dernière a baissé la tête d'un air réservé ; son visage perlé de larmes était éclatant, tout comme sa robe d'une blancheur éblouissante. Oui, ce devait être le plus beau jour de toute la vie de Bongsun, malgré la pluie, cette pluie qui a choisi précisément ce jour-là alors qu'il y en avait tellement d'autres. Etait-ce un présage ? Toujours est-il que, des années plus tard, ma mère m'a dit que cette pluie l'avait troublée.

48

J'avais été très malade en voiture pendant ce long voyage, aussi suis-je restée collée aux jupes de ma mère. La tête me tournait et j'avais la nausée. Ma mère a improvisé un lit en joignant plusieurs chaises dans la salle de mariage et je suis restée allongée là-dessus. Mon champ de vision était cantonné au plafond en contreplaqué de la salle.

C'est sûrement à cause de ça que mes souvenirs de cet événement ne viennent que des photos : mon jeune père conduisant Bongsun dans la salle ; le teint de porcelaine de celle-ci à côté de la peau sombre de son mari ; sa robe de mariée traînant dans la boue au moment où elle est descendue de voiture. En fait, cette dernière scène ne vient pas d'une photo mais d'une image restée gravée dans ma tête : l'instant où la boue rouge éclabousse sa robe aussi immaculée qu'une feuille blanche. Ai-je raison de penser que c'était aussi un présage ? Mais ce qu'on appelle « présage », ne lui donne-t-on pas ce nom une fois que les choses ont déjà eu lieu ?

Les proches du marié étaient des campagnards tout à fait ordinaires mais c'étaient des gens convenables qui avaient de bonnes manières, telle était l'opinion positive de ma mère. Aussi, lorsque les mariés sont partis en voyage de noces pour la station thermale d'Onyang, après la cérémonie traditionnelle de la présentation de la mariée à sa belle-famille, mes parents, très rassurés, n'ont pas eu trop de mal à leur dire au revoir. Le moment de la séparation a été beaucoup moins émouvant que je ne l'avais imaginé, c'était même fade. Sur le chemin du retour, le mal des transports m'a reprise avant même que j'aie eu le temps de ressentir le vide laissé par Bongsun, et finalement j'ai rendu tout ce que j'avais mangé ; je me suis endormie après avoir sali le beau *hanbok* de ma mère et les sièges de la voiture de mon père.

49

Le temps a passé. Je ne me souviens pas bien de ce que j'ai fait pour m'occuper pendant l'été et l'automne de cette année sans Bongsun. Je me rappelle seulement que ma famille a adopté un spitz blanc que j'adorais et qu'un jour de tempête en automne, il a mangé une souris qui avait avalé du raticide et a gémi de souffrance toute la nuit, avant d'être retrouvé mort le lendemain matin. Ma mère avait demandé un mâle, ne voulant pas avoir à régler le problème des petits en cas de chaleurs, pourquoi l'avions-nous doté d'un prénom occidental féminin ? Quand je l'appelais par son nom, « Mary », il fixait ses yeux noirs sur moi, ses deux pattes fléchies devant lui, l'air de me répondre : « Oui, qu'est-ce que tu veux ? »

S'il n'y avait pas eu la tempête cette nuit-là, ces bourrasques violentes de vent et de pluie qui faisaient trembler le papier de la porte de ma chambre et secouaient bruyamment les fenêtres mal ajustées de la maison, aurais-je pu entendre ses gémissements ? Et dans ce cas aurais-je réussi à le sauver en lui faisant boire de l'eau et régurgiter ce qu'il avait avalé ? Ce soir-là, quand ma mère – elle était en train de tricoter, les pieds enfouis sous la couverture dans la partie chaude de sa chambre – a dit : « Mais qu'est-ce qu'il a, ce chien aujourd'hui ? », j'ai tendu la tête dehors par la petite porte coulissante et là Mary, ce chien que j'aimais tant, m'a regardée avec insistance dans la même position que quand je l'appelais par son nom, les pattes avant ramassées et le ventre au sol. Si je me souviens bien, il a poussé un long gémissement ; il devait être exténué et ne plus avoir la force de lutter. « Il a gardé ses vieilles habitudes de chiot, il veut rentrer dans la chambre mais si on lui cède, il n'apprendra jamais, dépêche-toi de fermer la porte, il fait froid ! » a ronchonné ma mère. Quand je lui ai jeté un dernier regard, il m'a semblé tout à coup que ses prunelles noires étaient très tristes mais j'ai obéi à ma mère et refermé la porte. Et le lendemain matin, on l'a retrouvé mort, dans un coin de sa niche il y avait une souris éventrée.

C'est la première mort à laquelle j'ai été confrontée dans ma vie. Je ne me rappelle pas ce qu'on a fait de son cadavre mais plusieurs années plus tard – peut-être étais-je collégienne –, le jour où j'ai pleuré en voyant le film *Jeux interdits* à la télé, j'ai pensé pour la première fois que je n'avais pas fait de tombe pour Mary. J'ai même écrit dans mon journal intime, me semble-t-il, que j'aurais dû enterrer mon chien et dresser devant sa tombe une croix faite ne serait-ce que de vieilles brindilles, mais que j'ignorais ces pratiques. Je me suis revue passer la tête par la petite porte coulissante et croiser le regard insistant de Mary fixé sur moi. Qu'a-t-il ressenti lorsque j'ai refermé la porte avec indifférence ? Hélas, à quoi bon ressasser tout ça maintenant ?

Combien de morts doit-on affronter dans une vie ? Combien de crimes commet-on sans le vouloir ? Combien de fois entraîne-t-on les autres vers un intense désespoir et se détourne-t-on, même inconsciemment, des cris de ceux qui se débattent entre la mort et la vie ? Ce soir-là, il est vrai que les fenêtres mal ajustées de notre maison étaient violemment secouées au point de faire trembler le sol, et ce n'est donc pas ma faute si je ne l'ai pas entendu. Mais le fait de ne pas savoir est-il suffisant pour être pardonnée ? En tout cas, à l'époque, le chien a succombé tandis que moi j'ai continué de grandir.

50

Longtemps après cela j'ai lu une histoire. Dans un village européen ou américain, un magnifique étalon à la crinière marron foncé occupe un vaste pré. Non loin de là vivent un jeune garçon qui adore ce cheval et son grand-père qui prend soin de l'animal. Un jour, avant de partir en voyage, le vieil homme confie le cheval à son petit-fils. Ce dernier, qui l'aime tant et qui sait à quel point l'animal lui fait confiance, est fou de joie à l'idée de passer du temps seul avec lui. Mais peu après le départ du vieil homme, l'étalon tombe malade ; toute la nuit il souffre, trempé de sueur. Le garçon ne peut rien faire pour le soulager à part lui donner un peu d'eau fraîche ; il a beau lui prodiguer des soins dévoués, l'état du cheval s'aggrave, et lorsque le grand-père rentre à la maison, l'animal boite. Le vieil homme, catastrophé, réprimande le jeune garçon : « Tu ne savais pas à quel point il est dangereux de donner de l'eau froide à un cheval malade ? » Le garçon lui répond alors : « Je ne le savais vraiment pas. Tu sais combien j'aime ce cheval et comme je suis fier de lui ! » Le vieil homme garde un moment le silence et dit : « Mon garçon, écoute-moi, aimer quelqu'un signifie savoir comment prendre soin de lui. »

51

A cette époque, si ma mémoire est bonne, je passais beaucoup de temps à lire des *manhwa* dans la librairie Seongjin. Je lisais surtout les auteurs Lim Chang, Min Aeni, Eom Huija et Jeong Unkyeong. Le libraire, un homme très maigre toujours en tee-shirt à manches courtes, restait assis dans un coin. Curieusement il portait la même tenue toute l'année, y compris l'hiver lorsqu'il devait allumer son vieux poêle rouillé à briquettes de charbon au milieu de la boutique. Il n'était sûrement pas frileux. En été il ne se séparait pas une seconde de son éventail sur lequel était imprimée la photo des actrices Munhui et Nam Jeong-im, assises dans leur *hanbok*.

Même à mes yeux de petite fille, il était très malin en affaires. Dans un coin de sa librairie il y avait une petite épicerie, où il vendait des tentacules de calamar séchés, plus petits que ma main, emballés dans du plastique, et des bâtonnets triangulaires de glace marron parfumée à la pêche. Toute la journée il s'occupait de ranger les bandes dessinées que les enfants avaient laissées en désordre après leur lecture. Dans le quartier c'était le premier à recevoir les nouveautés et il les disposait en plus de manière très attrayante. C'est sûrement pour ça que je préférais fréquenter cette librairie, alors que plus bas dans le quartier il y en avait une autre où on pouvait lire huit livres pour dix wons, autrement dit deux ouvrages de plus que chez Seongjin.

Lire un nouveau *manhwa* aux feuilles flambant neuves tout en mâchouillant un tentacule de calamar séché ou en suçant un bâtonnet de glace, installée confortablement sur un long banc de bois, mmm, c'était le comble du bonheur! Quand il me manquait de l'argent, il m'arrivait de voler dix wons dans une poche de la jupe de ma mère ou dans son portefeuille rouge en plastique. J'avais une telle passion pour ce lieu que je ne supportais pas de rester une journée sans y passer pour lire les derniers *manhwa* parus. Parfois j'y croisais mon frère, mais nous respections un accord tacite selon lequel nous ne devions en parler à personne, surtout pas à nos parents qui voulaient à tout prix que nous ne nous consacrions qu'aux études, c'est pourquoi arrivés devant chez nous, nous rentrions toujours séparément en respectant un certain laps de temps.

Il y avait aussi une petite échoppe où l'on faisait fondre un morceau de sucre blanc ou roux dans une louche en maillechort, les enfants appelaient cette friandise *dalgona*. Le marchand, entouré d'enfants, mettait un morceau de sucre pareil à un caillou blanc dans cette louche sur le feu de briquettes et y ajoutait un peu de bicarbonate qui faisait gonfler le contenu. Comme elle était délicieuse, cette friandise blanche qui a assouvi le goût des enfants pour le sucre dans les années soixante et qui a disparu malgré tout sans jamais obtenir un nom officiel !

L'automne est passé ainsi et au tout début de l'hiver, Bongsun nous a rendu visite. Elle avait le ventre arrondi. C'est l'année où toute la population de la Corée a dû faire refaire ses cartes d'identité. Bongsun, qui n'avait pas encore déclaré son mariage à la mairie, a sûrement eu besoin de mettre en ordre son état civil.

— C'est ta première visite à ta famille après ton mariage et je vais profiter de ta venue pour faire une offrande aux esprits.

Ma mère a fait cuire de la farine de riz mélangée à des tranches de radis et de potiron et des haricots rouges. Lorsque la cocotte s'est mise à dégager de la vapeur, elle a enlevé le torchon de chanvre et coupé ce gâteau en grands morceaux à l'aide d'un couteau effilé. Puis elle les a répartis dans des plateaux en maillechort et plusieurs grandes assiettes ; Bongsun a transporté habilement les parts de gâteau et moi des bols d'eau ; nous les avons déposés tour à tour dans la chambre de mes parents et de ma sœur et mon frère et la mienne, dans la remise ainsi que devant la terrasse des jarres à sauce et devant les toilettes.

Ma mère s'est avancée à chaque endroit où nous avions placé les offrandes, elle a fait un grand rond avec ses bras comme pour embrasser tout ce qui était dans l'air avant de joindre les mains. Bongsun et moi lui avons emboîté le pas et avons fait de même. Pour quoi ma mère a-t-elle prié ? Peut-être était-ce pour la santé et la paix de tous les membres de sa famille, la réussite de mon frère à l'examen d'entrée au collège qui approchait, ou pour que nous devenions encore plus riches… Quel était le vœu de Bongsun ? J'imagine qu'elle a souhaité un accouchement sans problème, la paix pour sa famille, et que ne se brise jamais ce bonheur qu'elle goûtait pour la première fois depuis sa naissance, comme elle l'avait exprimé elle-même. Moi je n'ai fait que joindre mes deux mains, je ne savais pas encore prier. Car on ne peut faire une véritable prière tant qu'on n'a pas connu la souffrance.

52

— On ne plie jamais le *miyeok* que va manger une accouchée, a dit ma mère en tendant un rectangle d'algue presque aussi grand que moi à Bongsun au ventre rond. Même si c'est encombrant, ramène-le soigneusement et essaie de ne pas le déchirer.

J'ai suivi Bongsun. Je ne me souviens pas très bien comment les choses se sont décidées. Je ne crois pas avoir dû beaucoup insister pour ça. Nous avons pris l'autocar plusieurs heures, puis nous avons marché longtemps sur une route poussiéreuse, c'était vraiment pénible. Je n'arrêtais pas de demander à Bongsun « C'est encore loin ? » et j'ai fini par monter sur son dos. Maintenant que j'y pense, c'était vraiment égoïste de ma part d'infliger une charge supplémentaire à une femme enceinte, mais ma grande sœur déjà très alourdie m'a portée sur son dos volontiers.

Nous nous sommes assises au bord du chemin et nous avons mangé de délicieux gâteaux de riz glutineux recouverts de poudre de pois jaune, accompagnés d'une soupe de pâte de soja fermentée. Après un trajet interminable au sein d'une poussière opaque a enfin surgi un village. La première impression que j'en ai eue, c'est que toutes les maisons étaient vraiment basses, encore plus que celles de l'autre côté de la rue chez nous. Bongsun vivait dans une de ces chaumières. J'ai enlevé mes chaussures pour monter sur le *taetmaru* mais comme il était haut, contrairement au toit si bas ! Une fois entrée dans la chambre des jeunes mariés, j'ai été surprise de découvrir les murs recouverts de vieux journaux à la place de papier peint, qui laissaient même voir de temps à autre des parties de mur en terre nue. Mon beau-frère était couché sous une épaisse couverture en coton dans un coin de cette pièce d'à peine sept mètres carrés.

— Il est malade, a expliqué Bongsun en m'adressant un grand sourire alors que j'écarquillais les yeux de surprise.

Mon beau-frère s'est réveillé et m'a fait un gentil sourire. Ses yeux étaient bien plus enfoncés que lorsque je l'avais vu au mariage. Il était emmitouflé dans la couverture en soie rouge que ma mère leur avait offerte pour le mariage, sur laquelle des fleurs de pivoines rayonnaient de gaieté alors que le visage au teint sombre de mon beau-frère semblait sinistre.

— Bonjour, comment allez-vous ? l'ai-je salué.

J'avais cinq ans et j'avais appris à m'adresser ainsi aux gens que je rencontrais, même ceux qui étaient mal en point.

— Je vais bien. Dis donc, tu as bien grandi, à ce que je vois. Je suis désolé, je n'ai rien à t'offrir alors que tu es venue jusqu'ici depuis Séoul.

Il a esquissé un pâle sourire en plissant ses yeux entourés de petites rides. Alors j'ai retrouvé l'homme que j'avais vu au Café Yangji. Il avait gardé cet air timide et gauche, presque candide. Gênée, moi aussi je lui ai souri. Je sentais cependant que planait dans cette chambre une ombre obscure et funeste sans pour autant me l'expliquer précisément. Près de son oreiller tout crasseux s'entassaient des bouteilles de médicaments et des seringues.

Après avoir posé le *miyeok* dans la cuisine, Bongsun est entrée dans la chambre et a tâté le front de son mari en lui demandant :

— Comment tu te sens ?

— C'est supportable.

— Aujourd'hui tu dois prendre un bain. Tu ne fais rien, comment se fait-il que toute cette saleté s'amoncelle autour de ton cou ? Tu veux que je fasse la piqûre pour la dose de la journée ?

Elle a pris une seringue posée au chevet de son mari et m'a regardée un moment. C'était la première fois que je voyais quelqu'un qui n'était ni infirmière ni médecin, et pas n'importe quelle personne à mes yeux en plus, faire une piqûre. Quand avait-elle appris à faire ça ? Même si elle ne m'a rien demandé, j'ai détourné les yeux en pensant que mon beau-frère se sentirait gêné de montrer ses fesses devant moi.

Après un moment, j'ai tourné la tête à nouveau en me disant que c'était fini, mais ma grande sœur frottait encore l'endroit où elle l'avait piqué et là j'ai vu bien malgré moi sa fesse sombre et aussi maigre que celle d'un jeune garçon.

— Essaie de dormir un peu, je vais m'occuper de Jjang-a.

— Je suis vraiment désolé, ma petite belle-sœur est venue jusqu'ici et je peux pas passer du temps avec elle ou la porter sur mes épaules.

— Si t'es désolé, t'as qu'à guérir rapidement, alors repose-toi...

Bongsun a arrangé avec soin la couverture et lui a doucement tapoté la poitrine par-dessus comme elle le faisait avec moi autrefois. Il a fermé les yeux et son visage est devenu aussi paisible que celui d'un bébé, alors qu'il venait de subir une douloureuse piqûre.

53

Ce soir-là, je me suis rendu compte pour la première fois à quel point la nuit pouvait obscurcir totalement les alentours. Dans mon quartier d'Ahyeon-dong, on avait beau éteindre toutes les lumières, il y avait toujours de faibles lueurs venant de je ne sais où et on n'était jamais plongé complètement dans le noir. Lorsque Bongsun a éteint la petite ampoule dans leur chambre, aussitôt mes yeux n'ont plus rien distingué. Bien que la porte de la chambre soit bien fermée, le vent nocturne, plus âpre et plus piquant qu'un bonbon à la menthe, pénétrait à travers le papier tel un éclat de verre tranchant. Ça aussi, c'était la première fois que j'en faisais l'expérience. Ce n'était pas tout, il y avait plein d'autres choses inconnues que je verrais pour la première fois : des tranches de patates douces étalées sur le toit de chaume pour les faire sécher ; au point du jour, les champs et les rizières dénudées couverts de givre comme si des filets blancs y étaient étendus ; des vaches tellement douces et gentilles malgré leur taille colossale ; Bongsun qui faisait cuire une énorme quantité de riz dans une gigantesque marmite puis la nourriture qui disparaissait en un clin d'œil.

54

Sans doute à cause du changement de lieu, je ne parvenais pas à m'endormir et j'ai ouvert les yeux. A côté de moi Bongsun et son mari, enlacés étroitement, dormaient paisiblement sous leur couverture de mariage. Seules leurs têtes en dépassaient, leurs fronts glacés joints l'un à l'autre.

55

Bongsun, réveillée à l'aube, m'a aidée à faire pipi alors que je n'étais pas tout à fait sortie de mon sommeil ; puis, me prenant par la main, elle s'est dirigée en hâte dans une direction inconnue. Nous sommes arrivées devant une maison au toit de tuiles, à quelque distance de sa chaumière, dont la cheminée dégageait déjà une colonne de fumée blanche tandis que dans l'étable, des vaches broutaient du foin.

— Je suis désolée, grandes sœurs, je suis en retard.

Bongsun a salué rapidement les femmes plus âgées qu'elle et a saisi une calebasse.

— Jjang-a, tu restes sagement ici, j'ai du travail.

Elle m'a laissée dans un coin de la cuisine et m'a complètement oubliée. Elle semblait avoir beaucoup de choses à faire. Elle sortait des panières pleines à ras bord de légumes et allait puiser de l'eau dans le puits. Elle n'était pas la seule à s'affairer. Toutes les femmes de la maisonnée ne laissaient pas reposer une seconde ni leurs mains ni leurs pieds ni même leur bouche. Quant à moi, accroupie, le dos contre un mur et les genoux réchauffés au feu d'un foyer, je somnolais en dodelinant de la tête. La voix des femmes s'approchait et s'éloignait sans arrêt à mes oreilles :

— T'as déjà lavé le millet ?

— Grand-oncle s'est levé ?

— Le beau-frère qui est parti hier en ville n'est pas encore de retour ?

— Notre jeune mariée a déjà le ventre bien arrondi. J'espère que c'est un garçon. Tu sais, le grand frère de ton mari a quitté ce monde en laissant seulement deux filles. Quel mauvais esprit a frappé pour que les deux frères soient atteints de tuberculose ? Mais ta belle-sœur n'essaie même pas de faire appel à un chaman, je la comprends vraiment pas…

— Si le ventre a une forme de calebasse, c'est une fille, et c'est un fils s'il est répandu vers les deux côtés, mais toi je vois plutôt que t'as un ventre en forme de calebasse.

— Le *kimchi* est fermenté juste à point, c'est délicieux, tu veux en goûter un peu ?

56

Le jour du nouvel an occidental est passé et un peu avant l'arrivée du nouvel an lunaire, Bongsun nous a rendu visite à nouveau, sans prévenir.

— Je t'ai donné le *miyeok* qu'il te fallait la dernière fois, que viens-tu faire encore ici ? a lancé ma mère d'un ton fâché au lieu de l'accueillir à bras ouverts.

Bongsun a-t-elle remarqué le visage mécontent de ma mère, je ne saurais le dire, en tout cas elle a répondu avec son sourire habituel :

— Mes belles-sœurs ont dit qu'on accouche d'habitude dans sa propre famille. Moi je voulais pas venir ici mais j'ai eu peur qu'on me reproche de ne pas savoir me conduire et qu'on accuse la tante de Moraenae et vous de m'avoir donné cette mauvaise éducation. C'est pour ça que je suis là. Mais ne vous inquiétez pas, je m'occuperai de tout, c'est moi qui vais préparer la soupe de *miyeok* et je partirai rapidement après.

Ma mère était embarrassée et irritée, ça sautait aux yeux, mais elle ne pouvait pas renvoyer Bongsun qui avait déjà le ventre lourd.

Quelques jours plus tard, quand je me suis levée, j'ai vu un bébé allongé à côté de Bongsun. Il avait un visage rouge et laid, exactement comme Bongsun avait décrit le mien à ma naissance. J'ai enfin compris pourquoi elle n'avait jamais dit que j'étais un mignon bébé. Tout à coup j'avais l'impression que le nouveau-né allongé à côté d'elle était moi-même.

Quant à ma mère, elle avait toujours l'air contrariée, mais une fois qu'elle a pris le nouveau-né dans ses bras, elle a semblé se détendre.

— Non, ne te lève pas, reste couchée. Je sais que tu te sens aussi légère qu'une plume après avoir mis cet enfant au monde, mais c'est précisément le moment où il faut te ménager.

C'était une drôle de situation. Autrefois Bongsun avait préparé la soupe de *miyeok* pour ma mère qui venait de me donner naissance et à présent c'était l'inverse.

— Madame, j'imagine que vous êtes très occupée et j'ai peur de vous déranger…

— Qu'est-ce que tu racontes ? Tu vas rentrer chez toi avec un beau garçon en pleine santé, j'en suis heureuse et fière… Non, je t'ai dit de ne pas te lever, reste couchée pour l'allaiter et attends encore un peu avant de te redresser et t'asseoir.

Un gros sein gonflé pareil à un ballon de volley-ball s'est dégagé de la poitrine de Bongsun et le nouveau-né a pris le téton dans sa petite bouche. La tête plus petite que le sein, il s'est mis à téter les yeux fermés, en respirant paisiblement comme un petit agneau. J'ai passé toute la journée près de Bongsun à regarder le bébé, complètement fascinée. Et quand il s'endormait, moi aussi je l'imitais, allongée à son côté.

— Au fait, je m'inquiète pour ta voix enrouée. La voisine, qui est responsable de l'association des habitants du quartier, m'a dit qu'elle n'avait pas pu dormir à cause de tes cris hier et elle est passée tout à l'heure ici pour t'apporter un peu de *miyeok*.

A ces mots, Bongsun a baissé la tête et esquissé un petit sourire mais elle n'avait pas vraiment l'air d'avoir honte. En fin de compte, les cris de douleur que j'avais cru entendre dans mon rêve la veille étaient bien ceux que Bongsun avait poussés pour mettre cet enfant au monde. On m'avait transportée endormie à côté de mon père dans la chambre de mes parents et j'avais entendu ces cris dans mon sommeil; à un moment donné, je m'étais réveillée à demi et j'avais compris que c'était Bongsun qui criait, mais je n'avais pas du tout trouvé ça bizarre. Je ne peux pas exprimer exactement pourquoi mais de vagues pensées avaient traversé mon esprit telles que « Bongsun et ces cris vont bien ensemble » ou « Je sais depuis longtemps qu'elle crie comme ça quand elle s'endort ».

57

Le bébé de Bongsun avait le teint un peu sombre comme son père mais il était bien portant. C'était le premier garçon car mon beau-frère n'avait eu qu'une fille. Comme ce serait bien de pouvoir suspendre l'histoire de Bongsun à ce stade, comme on arrête une image dans un film! Elle avait grandi en orpheline et avait connu une vie plus dure que les autres; à présent elle avait rencontré un homme gentil, l'avait épousé et menait enfin une vie comme les autres; le soir elle dormait serrée contre son mari, leurs fronts joints comme deux enfants égarés sous la couverture de noces rouge, d'après ce que j'avais vu chez elle. J'aimerais tellement ne pas connaître la suite de l'histoire. Ce roman deviendrait alors un conte de fées avec une fin heureuse comme: « Et ils vécurent heureux jusqu'à la fin de leurs jours. » Et pourquoi pas? La vie d'une personne n'est-elle pas beaucoup plus précieuse qu'un roman? Il est indigne d'oser même les comparer. Donc j'aurais été ravie si les choses s'étaient passées comme ça.

Mais ce n'est pas le cas et je suis bien obligée de continuer l'histoire, même si je n'en ai pas envie.

Mais c'est étrange. Mes doigts qui pianotent sur le clavier aussi rapidement qu'une dactylo expérimentée se mettent soudain à perdre de leur souplesse et à se raidir. Mes fesses veulent quitter la chaise tandis que dans ma tête je m'imagine déjà en train de téléphoner à la maison d'édition : « Eh bien, je vais vous donner un autre manuscrit parce que je n'arrive pas à achever celui-ci. Tout s'est effacé. Mon ordinateur est un vieux modèle… Je suis vraiment désolée. »

58

Dans mes romans, je n'ai jamais encore choisi une personne âgée comme héros ou héroïne. Tous mes personnages ont des vies pleines d'épreuves mais je n'ai jamais éprouvé autant de peine à cause de leurs souffrances. Peut-être m'est-il déjà arrivé d'en souffrir, mais pas aussi fort. Car ils étaient jeunes, et je pouvais dire que c'était plutôt « bénéfique » de connaître des difficultés étant jeune et qu'une jeunesse sans épreuves était aussi sans espoir. Mais maintenant, je dois raconter l'histoire d'une femme ni jeune ni belle, sans un sou, une femme d'un certain âge qui n'a pour toute fortune que des enfants affamés et son corps encore solide, et dont la vie dégringole sans fin comme dans un toboggan. Oui, j'ai bien utilisé le verbe « dégringoler ». Je me sens vraiment affligée tel un mouton stupide dont les cornes, accrochées à la palissade, l'empêchent d'avancer ou de reculer.

59

C'était étonnant que mon beau-frère ne nous ait pas rendu une seule fois visite alors qu'il venait d'avoir un fils, si précieux pour lui. On ne pouvait considérer que c'était à cause du travail des champs puisqu'on était en plein hiver. Ma mère s'interrogeait là-dessus mais, désireuse de ménager Bongsun après son accouchement, elle a fait part de ses doutes de façon détournée :

— Tu dois rentrer chez toi avant la fête du nouvel an. Le père de l'enfant va venir te chercher, j'espère ?

— Oui, je pense.

J'ignore si Bongsun devinait la perplexité de ma mère au sujet de son mari. Quoi qu'il en soit, elle s'endormait paisiblement en allaitant son enfant et, la nuit, elle s'asseyait et écrivait de longues lettres avec un sourire heureux. Puis, un jour, ma mère, qui avait échangé plusieurs coups de fil avec ma tante de Moraenae, est entrée dans notre chambre. Son visage était tendu.

— Bongsun, où se trouve en ce moment le père de l'enfant ?

Bongsun, qui était en train de plier des couches en tissu, a arrêté net son geste et son visage a pâli d'effroi comme si quelqu'un se ruait sur elle pour lui arracher son bébé.

— Tout ce que... ma sœur de Moraenae... m'a dit... est donc vrai... ?

La voix de ma mère tremblait. Son visage semblait dire : « Même si c'est la vérité, je t'en prie, réponds-moi par non. » Elle avait l'air désespérée. Bongsun a baissé profondément la tête et un petit soupir s'est échappé de la bouche de ma mère.

— Si j'ai bien compris, il t'a caché sa maladie avant le mariage. Oh mon Dieu, ce n'est pas possible, on peut mentir sur tout mais pas sur ça! Comment ont-ils pu faire ça, lui et sa famille, c'est tellement malhonnête! Lorsque je l'ai vu pour la première fois, avec son teint verdâtre, je me suis dit que quelque chose clochait, mais... Comme ils sont mauvais, ces scélérats méritent d'être punis par le ciel! Comment ont-ils pu cacher une chose pareille, comment?

Ma mère, très remontée, s'interrompait de temps à autre. Bongsun qui était restée tête baissée, comme une coupable, a fixé ma mère un moment et a ouvert enfin la bouche:

— Ils m'ont rien caché du tout, madame. Il m'a tout révélé avant notre mariage mais il m'a dit qu'il allait guérir puisque de nos jours y a de bons médicaments... Vous inquiétez pas, madame, il va finir par se rétablir. Je le crois fort.

— Tais-toi! Est-ce que tu as vraiment toute ta tête pour dire ça? Tu veux dire que tu l'as épousé en connaissant son état mais que tu ne m'en as pas touché un mot, c'est ça? Oh, ma pauvre...

Vexée, ma mère a gardé le silence un moment, une main sur le front.

— Vous en faites pas, madame, la famille de son grand frère m'a dit aussi que j'avais aucun souci à me faire...

— Bongsun, je crois que j'ai fait une erreur en te recueillant chez moi autrefois. Pourquoi est-ce qu'avec toi tout marche de travers, hein ? Bon, comme toi, je souhaite de tout cœur que ton mari guérisse grâce à son séjour dans ce sanatorium de Masan, oui, j'aimerais bien. Mais il paraît que son frère aîné, atteint par la même maladie, a succombé sans laisser de fils. Cela revient à dire que sa famille t'a mis le grappin dessus, juste pour obtenir un héritier. En plus, comment vas-tu rembourser toutes ces dettes qu'il a contractées pour acheter les médicaments, comment vas-tu t'en sortir avec tout ce travail des champs ? Si jeune avec un enfant, comment vas-tu faire ? Oh, mon Dieu, comment vas-tu t'en sortir maintenant ?

Ma mère a saisi les mains de Bongsun et a commencé à pleurer. Les yeux de Bongsun se sont embués également mais elle a dit avec un sourire plutôt sincère :

— Madame, pourquoi vous n'avez que des pensées négatives ? Ce qui est fait est fait, alors j'essaie de voir le bon côté des choses. Si on ne voit que le mauvais côté, c'est sans fin. Faites-nous confiance, à moi et à mon mari, nous avons maintenant un fils, ça va aller. Vous verrez, tout ira bien. Je finirai par le guérir de sa maladie.

60

C'est un matin tôt que le téléphone a sonné. Je dormais encore quand j'ai entendu ma mère qui secouait Bongsun. Je me suis réveillée avant elle. La pénombre régnait encore derrière le papier de la porte.

— Bongsun, je suis obligée de te réveiller, dépêche-toi de t'habiller, a dit ma mère sans passer par quatre chemins. Mon mari va t'accompagner en voiture. Couvre bien l'enfant pour qu'il n'attrape pas froid.

Bongsun n'était pas encore tout à fait sortie de son doux sommeil.

— Allez, lève-toi et fais tes bagages.

Ma mère s'est contentée de répéter cette phrase sans l'aider et s'est précipitée dehors. Elle était déjà en vêtements de sortie. Bongsun a obéi sans broncher. Son visage arraché au sommeil se tendait progressivement. Il était encore gonflé et c'est peut-être pour ça qu'il paraissait aussi figé qu'un masque. Cela faisait deux semaines qu'elle avait accouché.

— Bongsun, tu as fait tes bagages et tu n'as rien oublié ? Est-ce que tu as bien enveloppé ton bébé pour qu'il n'ait pas froid ? a insisté ma mère depuis la cour.

— Maman, qu'est-ce qui se passe ? a demandé ma sœur Yeong-a tout en préparant son cartable.

— Il est mort… a répondu brièvement ma mère.

Mes parents, Bongsun et son bébé ont ainsi quitté précipitamment la maison. Ma sœur, mon frère et moi sommes restés là, désemparés, puis, sous l'injonction de Yeong-a, nous avons mangé des toasts accompagnés de lait.

— Il est mort, ça veut dire que le mari de Bongsun est mort ? a demandé mon frère tout en mâchonnant un morceau de pain.

Ma sœur, qui lissait de la main son uniforme scolaire, a suspendu son geste et lui a dit : « J'ai vraiment pitié de Bongsun, pas toi ? »

61

Alors que nous étions attablés pour dîner ce soir-là, ma mère s'est adressée à mon père :

— Jusqu'à présent je me moquais de tous ces gens qui consultent un devin ou qui vont voir un chaman, mais si je songe au sort malheureux de

Bongsun, je me dis que j'avais tort. Il me semble que chaque personne naît avec un destin déjà tracé. Si j'avais su qu'elle allait connaître une telle vie, je ne l'aurais jamais prise en charge. Quand je l'ai vue pleurer et s'effondrer, son nouveau-né dans les bras, j'en ai eu le cœur déchiré. Pour acheter ses médicaments il a dilapidé les quelques rizières dont il avait hérité, comment va-t-elle vivre maintenant ? J'ai eu peur de croiser son regard et j'ai quitté les lieux discrètement. Qu'est-ce que je ferai si elle veut revenir ? J'ai trois enfants à élever et je ne peux pas m'occuper d'elle indéfiniment...

Mon père ne lui a pas répondu et ma mère ne s'est pas exprimée davantage là-dessus. Ce soir-là, assis autour de la table nous nous sommes contentés de manger en silence.

62

Bongsun est revenue chez nous en portant sur son dos son bébé qui n'avait pas encore cent jours. Elle avait confié la fillette de la première femme de son mari à la famille de son frère aîné, le temps qu'elle s'installe à Séoul. Elle portait un *hanbok* blanc en signe de deuil. Elle a discuté longuement avec ma mère dans la chambre de mes parents. J'avais l'intention d'entrer en feignant un air innocent mais je me suis ravisée en entendant leurs voix basses au ton grave. Quelques instants plus tard, Bongsun est sortie.

— Bongsun, prends au moins le déjeuner ici avant de partir...

— Non, ça va, ne sortez pas, madame, pas besoin de me raccompagner !

Elle a attaché son bébé sur son dos à l'aide d'une petite couverture, a enfilé ses chaussures en plastique et s'est emparée d'un grand sac en tissu contenant des couches, tout ça sans un mot.

— Au revoir, Jjang-a, je reviendrai te voir, a-t-elle dit en me regardant avec des yeux aussi rouges que ceux des lapins ; elle avait aussi une barrette blanche dans les cheveux.

A ces mots, j'ai eu l'impression que mon cœur s'arrêtait. Etais-je accablée par sa tristesse ? Encore aujourd'hui, je n'arrive pas à oublier son regard, ce n'était pas celui de la Bongsun que je connaissais. Comment expliquer, il semblait contenir un orgueil invincible bien qu'on eût tout fait pour l'abattre, ou refléter le détachement que seul peut posséder un être poussé au bord du précipice. A cause de ce regard, je me suis sentie tout à coup très loin d'elle. Comme si elle avait traversé pour de bon une rivière qui nous séparait. Sans avoir bougé, il me semblait m'être écartée d'elle.

Bongsun est sortie à petits pas pressés par le portail, sans un regard derrière elle. Je l'ai suivie timidement. Après avoir franchi une courte distance, elle s'est retournée tout à coup. J'ignore ce qui lui est passé par la tête, elle a fouillé dans sa poche avant de me tendre une pièce de dix wons. Je l'ai prise en fixant ma grande sœur.

— Achète-toi un bonbon avec ça… Allez, rentre, je peux marcher toute seule.

— Je vais avec toi jusqu'à cette boutique là-bas. Mais, grande sœur…

— Oui ?

— Même si ma famille déménage, tu viendras nous voir avec ton bébé ? lui ai-je demandé, inquiète depuis tout à l'heure.

— Vous allez déménager ? a-t-elle répliqué, l'air de l'entendre pour la première fois.

Comme je m'en doutais, elle n'était pas au courant. Ma mère ne voulait plus voir Bongsun, c'est pour ça qu'elle ne lui avait pas parlé de notre déménagement. Telle était ma supposition. Si elle s'avérait fondée, comme Bongsun serait déçue et désemparée quand elle viendrait nous voir après notre départ ! Quelle stupéfaction lorsqu'elle ouvrirait notre portail et ne découvrirait rien ni personne dans la cour, sauf les rayons éblouissants du soleil, comme la petite fille de l'histoire qu'elle me racontait autrefois.

— Oui.

Bongsun, sans souffler mot, s'est contentée de redresser d'un coup son enfant sur son dos.

— Nous allons vivre dans un appartement à quinze minutes de bus d'ici, ai-je continué. Il paraît qu'on n'aura pas besoin d'y brûler des briquettes de charbon. Il y a ce qu'on appelle « le chauffage central » et puis de l'eau chaude qui sort directement du robinet, inutile d'aller au bain public. Et comme il n'y a pas d'escaliers dans ce quartier, les enfants peuvent rouler à vélo…

Je me suis tue tout à coup car, même à mon âge, j'ai dû me rendre compte que ce n'était pas le moment de parler de ces choses-là à Bongsun.

— Où c'est ?

— Je ne sais pas, on dit que c'est une nouvelle construction. Un immeuble… Il y en a un seul aux alentours, alors tu pourras le trouver facilement.

— Oui… De toute façon j'ai votre numéro de téléphone.

C'est ainsi que Bongsun a exprimé sa déception vis-à-vis de ma mère qui ne lui avait pas parlé de notre déménagement. A l'époque, ni elle ni moi ne savions que le numéro de téléphone change en fonction du lieu de résidence.

— Comment s'appelle ton bébé ? ai-je demandé.

— Man-sik.

Dès qu'elle a prononcé ce prénom, j'ai éclaté de rire. Malgré mon jeune âge, je le trouvais vraiment rustique. En me voyant rire ainsi, Bongsun a fait son fameux sourire qui découvrait ses gencives. Au moins ce sourire n'avait pas changé.

— Oh, ma petite Jjang-a, tu as déjà perdu une dent !

J'ai fermé aussitôt la bouche.

— Olé olé, t'approche surtout pas du bord de l'eau, tu vas faire peur aux poissons rouges.

Cette fois j'ai carrément enfoui ma bouche dans mes deux mains.

— Est-ce que t'as entendu dire que ta maman chercherait quelqu'un pour le ménage ? s'est enquise Bongsun d'une voix prudente, en effaçant son sourire.

— Je ne sais pas, lui ai-je répondu aussi innocemment et simplement qu'une petite enfant car c'était une question embarrassante.

Peut-être avait-elle l'espoir de réintégrer notre famille et de vivre avec son enfant sous notre toit. Mais je savais déjà que ma mère était horrifiée par cette perspective.

— Ne me parle plus d'elle, l'avais-je entendue dire un jour au téléphone. Rien qu'entendre le mot « bonne », ça me fait froid dans le dos maintenant. Tu sais, cette Bongsun, elle envisage de revenir chez moi, qui plus est avec son nouveau-né, je l'ai bien deviné quand je lui ai parlé au téléphone. Non mais, jamais de la vie ! Justement, à ce propos, la déléguée de l'association des habitants de la résidence où nous allons nous installer m'a proposé de me trouver quelqu'un pour le ménage. C'est une dame qui vient travailler le matin et rentre chez elle le soir… Maintenant je vais faire appel à ce genre de personne. En plus, l'appartement est confortable mais il n'est pas conçu pour cohabiter avec quelqu'un qui n'est pas de la famille. Si on a une bonne, c'est vrai, ça allège le travail du foyer, mais s'il faut lui servir de parents et s'occuper d'elle jusqu'à la fin de ses jours, ça, je refuse…

Bongsun, plongée dans ses pensées, s'est remise à marcher en silence.

— Au fait, grande sœur, je vais bientôt à l'école.

Emergeant de sa réflexion, elle a levé la tête d'un air surpris.

— Je vais aller à l'école au printemps prochain.

— Ah bon ? Mmm… c'est vrai, t'es née en janvier… T'auras six ans, c'est normal d'aller à l'école. Le temps passe vite, je m'étais pas rendu compte.

— C'est l'école primaire Unhwa, elle se trouve sur les hauteurs du quartier Mallidong. Il paraît que c'est une école privée où les élèves portent un uniforme. Chaque matin, un bus scolaire vient à l'entrée principale de la résidence pour emmener les élèves à l'école. On dit qu'il y a un harmonium dans chaque salle de classe. Ma mère ne voulait pas m'envoyer là-bas et préférait l'école primaire Midong où sont allés ma sœur et mon frère, mais mon père a tellement insisté qu'elle a cédé. Il paraît que ça coûte très cher… Papa a dit que je dois grandir dans ce genre d'environnement pour devenir quelqu'un…

Nous étions presque arrivées devant la boutique. Bongsun semblait avoir l'esprit ailleurs, et moi non plus je ne savais plus de quoi je parlais car j'étais consciente que l'échoppe des « Sept Princesses », tenue par une famille de sept filles, était proche et que nous allions nous séparer. Les rayons pâles du soleil d'hiver ont-ils caressé les épaules du *hanbok* de deuil de Bongsun ? Peut-être.

— Allez, rentre maintenant, je m'en vais.

Je savais que je ne pouvais plus continuer à la suivre.

— D'accord, ai-je répondu, à deux doigts de pleurer.

Je suis restée là, les yeux braqués sur Bongsun qui s'éloignait. Elle a marché un bon moment puis s'est arrêtée. Espérant qu'elle allait se retourner vers moi, je n'ai pas bougé de place et ne l'ai pas quittée des yeux. Hélas, elle a seulement redressé son enfant derrière son dos et tourné à l'angle de la rue avant de disparaître. Le souvenir de sa silhouette pareille à une voile blanche m'a hantée longtemps.

63

Quand je suis rentrée à la maison, ma mère était au téléphone. Elle parlait sûrement avec ma tante de Moraenae.

— Oui, encore une histoire de sous. Combien de fois elle est venue demander de l'argent pour acheter les médicaments de son mari ! Comme tu sais, ces derniers temps je me tracasse beaucoup à cause de l'emprunt pour l'appartement, est-ce qu'elle s'en rend compte au moins ? Elle se dit juste que je suis plus riche qu'elle et que chez moi il y a toujours de l'argent. Oui, en effet, cette fois j'ai refusé froidement sa demande. Il paraît qu'un proche de sa belle-famille tient un restaurant de viande de chien dans le quartier de Gurodong et qu'il lui demande de venir travailler là-bas. Oui… j'ai fait tout ce que je pouvais pour elle. Même si elle était l'un de mes enfants, je ne pourrais pas l'aider davantage. Souviens-toi, quand elle est rentrée à la maison après sa fuite, je l'ai emmenée à la clinique pour son avortement, je l'ai mariée et je lui ai donné de quoi acheter les médicaments de son mari… En plus, il paraît que sa belle-famille veut lui prendre son enfant parce que c'est un garçon… Oui, tu as raison, ce serait aussi bien si c'était le cas. Elle est encore si jeune, elle ne va pas rester éternellement une veuve fidèle à son défunt mari, n'est-ce pas? Moi aussi, je lui ai dit ça mais est-ce qu'elle va m'écouter? En fin de compte, elle aussi a été abandonnée par sa mère et voilà la vie qu'elle a aujourd'hui. Je n'ai pas osé en dire davantage là-dessus. J'imagine que son histoire est gravée dans son cœur comme une cicatrice ineffaçable. Oui, oui, on va la laisser faire comme elle veut. De toute façon, je ne peux pas l'aider plus, alors je n'ai pas d'autre choix. Au fait, si par hasard elle te demande le numéro de téléphone de notre nouveau logement, essaie de te débrouiller pour ne pas le lui donner… Elle vient tout le temps se plaindre de ses problèmes d'argent auprès de moi, je suis tiraillée, ça m'est vraiment pénible de refuser sa requête…

64

Ce jour-là, assise sur le *taetmaru*, je regardais un léger rayon de soleil réverbéré sur le sol de la cour. Tout en n'écoutant que d'une oreille la conversation de ma mère avec ma tante, je revoyais la silhouette de Bongsun en train de disparaître à l'angle de la rue. A bien y réfléchir, je me suis rendu compte qu'elle avait un visage triste et un air abattu comme je ne lui en avais jamais vu.

65

J'ignore comment elle a su notre nouvelle adresse, mais Bongsun nous a rendu visite de temps en temps malgré notre déménagement. Il n'y avait plus désormais d'émotion dans nos retrouvailles et séparations. Parfois, quand je rentrais de l'école, je tombais sur elle. Ayant terminé sa rencontre inconfortable avec ma mère, elle m'attendait car elle tenait à me voir, ne serait-ce que rapidement, avant de repartir. Mais pour être honnête, je n'éprouvais pas de plaisir à la revoir, au contraire j'étais plutôt contrariée, empruntée. En quelque sorte j'avais fait mes adieux à ma grande sœur Bongsun le jour où je l'avais raccompagnée jusqu'à la boutique des « Sept Princesses », alors que je n'étais pas encore entrée à l'école et que nous n'étions pas encore installés dans notre appartement.

66

Aujourd'hui encore, trente ans plus tard, j'arrive à me souvenir nettement des détails de son visage : ses paupières lourdes, son nez camus, ses joues légèrement grêlées, ses lèvres gonflées, sa façon de découvrir ses gencives quand elle riait. Si j'étais un peintre, je pourrais la dessiner même maintenant qu'elle a vieilli.

Elle est la première personne que j'ai vue en venant au monde. Son visage aura beau changer, je serai toujours capable de la reconnaître, mais…

Après ma conversation avec ma mère, je suis restée assise là sans pouvoir quitter la table sur laquelle est posé le téléphone.

J'ai continué de grandir comme ces filles de familles aisées à qui il ne manque rien, au point de trouver encombrantes et gênantes les visites de Bongsun. L'entreprise où travaillait mon père prospérait de plus en plus ; ma sœur et mon frère réussissaient bien dans leurs études et avaient intégré sans problème les écoles que ma mère souhaitait. Tous les cinq ans, nous déménagions dans un appartement plus spacieux et moi je grandissais normalement en veillant toujours à cacher ma précocité. J'aurais dû aller étudier à l'étranger et revenir enseigner dans une université, selon le désir de mon père.

Si seulement les bombes à gaz lacrymogène n'avaient pas explosé si fréquemment pour disperser les manifestations des étudiants, l'année où je suis entrée à la fac, j'aurais peut-être épousé un homme aux jolis cheveux bouclés tombant sur le front, un garçon qui aurait connu une enfance heureuse et vécu sans éprouver jamais le besoin de proférer des grossièretés. C'était le vœu le plus cher de mon père depuis son retour des Etats-Unis. Mais il y avait aussi ce que désirait Dieu, celui qui, heureusement pour moi, m'a appris ce que signifie être une femme dans cette société coréenne, quel est le sort des intellectuels dans ce pays du tiers-monde, ce Dieu qui m'a permis de connaître des moments auxquels je veux donner des noms tels qu'humiliation, effroi et désespoir.

67

Ceux qui ont eu trente ans dans les années 1990 ont un point commun : étudiants, ils ont fréquenté des gens qui n'étaient pas de leur milieu, des membres de la classe ouvrière, et ont ainsi eu des expériences directes ou indirectes de ce monde-là. Moi aussi, qui ai commencé l'université en 1981, j'ai rencontré ces ouvriers. Après la fin de mes études je suis allée travailler dans une usine pour soutenir le mouvement ouvrier, mais je savais que ma motivation n'était pas sincère.

Je prie de tout mon cœur pour que ce que je viens d'écrire ne porte pas préjudice à tous ceux qui ont combattu pour leur idéal démocratique dans les années 1980. En fait, j'ai été poussée par une forme de culpabilité : il n'y avait plus de bonne qui habitait chez moi ; elle avait été remplacée par une femme de ménage qui venait le matin et repartait le soir ; étudiante, je lisais beaucoup d'articles sur les ouvriers des usines et j'ai ainsi connu l'existence des innombrables Bongsun qui ne vivaient plus chez leurs patronnes ; beaucoup de Mija, Jeong-ja et Mi-kyeong travaillaient dans ces usines. Est-ce pour cette raison que j'ai décidé de m'y aventurer ?

Au bout d'un mois, on a découvert que j'avais fait des études universitaires, et donc que je m'étais fait embaucher sur des bases fallacieuses. Sur le moment, j'ai été vexée mais je crois qu'intérieurement j'étais plutôt soulagée que la direction de l'usine m'ait découverte. En partant de là-bas, j'ai chassé Bongsun de mon cœur comme ma mère l'avait fait, et pendant longtemps elle est sortie de mon esprit.

68

Mais pour emprunter l'expression d'une amie à moi, elle a ressurgi dans ma mémoire au moment où ma vie était « dans le noir total ».

69

Même après avoir raccroché, je reste recroquevillée, sans bouger, pendant longtemps. Je lève tout à coup la tête pour consulter l'heure. Sans doute l'audience pour mon divorce a-t-elle déjà commencé. J'ai exigé la garde exclusive de notre enfant et la maison de mon mari tandis que lui n'a pas l'intention de me payer le moindre centime. Les avocats Kim et Park qui nous représentent doivent être occupés à débattre et argumenter dans les moindres détails, et le juge, qui a peut-être eu une dispute conjugale la veille, doit les écouter en s'efforçant de garder un calme feint.

70

A plusieurs reprises Bongsun s'est enfuie avec un homme et chaque fois elle est revenue seule avec un enfant de plus à nourrir. Ainsi est-elle devenue de plus en plus pauvre. Les premières fois, ma mère et ma tante en étaient plus bouleversées qu'à la mort d'un proche et en éprouvaient de la honte, mais avec le temps, elles ont été de plus en plus indifférentes et n'ont plus voulu s'attarder longuement sur le sujet : « C'est sa nature, on aurait dû s'en douter dès qu'elle est partie avec ce bon à rien, tu sais, ce sinistre employé de la teinturerie… Il paraît que tous ces hommes qui ont profité d'elle vivent bien aujourd'hui. En somme, elle était leur domestique sans jamais être rémunérée… Quelle écervelée, vraiment, elle ne pense jamais à son propre intérêt. Et malgré tout elle prétend qu'elle est heureuse, tu crois qu'elle est heureuse, toi ? »

Et elles se mettent à rire comme s'il s'agissait d'une bonne blague, mais moi je sais : chaque fois qu'elle suit un homme, elle fait certainement des efforts surhumains pour rester optimiste ; elle dit à sa meilleure amie des choses comme : « Lui, il est différent. J'ai senti une sorte de destin qui me lie à lui. Il m'a tellement touchée que j'ai envie de l'aider. Je voudrais lui préparer un bol de riz chaud, lui laver sa chemise, et quand il rentre le soir, lui laver les pieds dans de l'eau tiède et les essuyer. Je veux prendre soin de tous ses pauvres enfants qui n'ont jamais eu l'affection de leur mère… »

Et c'est ce qu'elle fait, je le sais. Si un enfant réveillé de sa sieste pleure, parce qu'il se sent seul comme un orphelin et trouve le monde autour de lui froid et menaçant, elle le prend dans ses bras et le console jusqu'à ce qu'il soit apaisé et rassuré et que le monde redevienne chaleureux et normal. Si quelqu'un lui offre un gros bonbon, elle le coupe en deux et en met la moitié dans la bouche de son donateur en riant : « C'est meilleur quand on le partage. »

71

Je fixe le combiné. Pourquoi ai-je apostrophé ma mère juste avant qu'elle ne raccroche ? Ce n'était sûrement pas pour lui demander : « Maman, c'est vrai que ma grande sœur Bongsun s'est encore enfuie avec un homme alors qu'elle a presque cinquante ans ? » Non, c'est clair à présent, je sais que ce n'est pas ce que j'ai voulu dire.

72

— Maman, il y a quelques jours j'ai vu une femme dans une rame de métro. Assise en face de moi, elle somnolait avec un baluchon sale serré dans ses bras… De temps en temps, elle se réveillait et regardait autour d'elle, l'air de se demander où elle se trouvait. Je me suis dit qu'elle n'avait peut-être pas toute sa tête… Sans doute empestait-elle, une jeune femme installée à côté d'elle a pincé le nez et s'est levée d'un air offusqué. Un homme un peu grassouillet a aussitôt pris sa place mais son expression semblait dire qu'il n'y serait pas resté une seconde de plus si seulement il n'était pas épuisé… Pendant ce temps, le métro est arrivé à la station où je devais descendre. Je n'ai donc pas eu le temps de lui adresser la parole. Qui plus est, comme tu sais, ces derniers temps ma vie est un foutoir et je suis fatiguée… Mais en attendant l'ouverture des portes, j'ai tourné rapidement la tête derrière moi et, à mon grand étonnement, elle me contemplait avec un regard incrédule… Une vague conviction puis la surprise l'ont traversée en même temps qu'une grande joie… Je ne suis pas allée vers elle pour autant. J'ai attendu impatiemment que la porte s'ouvre et je suis descendue. Maman… beaucoup de temps a passé, je n'ai qu'un vague souvenir de son visage… Oui, c'est pour ça, c'est sûrement pour ça que j'ai agi ainsi. Aujourd'hui, que puis-je faire ? Cela fait déjà trente ans. C'est pour ça… Ce que je veux dire… Ce qui m'a empêchée définitivement d'aller vers elle ce jour-là, c'est que j'ai vu dans son regard que l'espoir ne l'avait pas encore abandonnée… L'espoir, tu m'entends, ce mot terrible… Sur son regard… s'est superposé celui de Mary qui m'avait regardée d'un air désespéré lorsque j'avais ouvert la porte, le fameux soir de la tempête.

Je n'ai plus jamais eu de conversation au téléphone avec ma mère à propos d'elle.

EPILOGUE

On est de nouveau en automne. Le ginkgo derrière ma fenêtre resplendit de tout son or. Quand le vent souffle, ses feuilles s'agitent comme une multitude de papillons. Depuis qu'au début du printemps ses branches ont commencé à se couvrir de jeunes pousses, aussi minuscules que des gouttes d'eau, je viens m'asseoir là pour le contempler. Ça ne fait même pas un an, mais j'ai l'impression de connaître cet arbre depuis des temps immémoriaux. Je suis en proie à un étrange sentiment, comme si j'avais assisté à toute sa vie et que maintenant je le veillais avec bienveillance alors qu'il est en train d'agoniser dans les flammes pareilles à des gerbes de fleurs dorées.

En fin de compte, comme il est facile de tomber dans le désespoir et d'éprouver le néant dans une époque difficile ! Pendant un temps, moi aussi j'ai eu envie de prendre la fuite en invoquant le fait que je souffrais de mener une vie vide de sens, car quand on est désespéré ou anéanti on est dispensé de tout sens des responsabilités. Quand on regarde le monde à distance après l'avoir fui, notre pensée franchit librement le mur de la réalité, s'élève sans limite et parfois de façon diabolique, c'est d'autant plus fascinant et séduisant… Oui, c'est vrai, cette fuite est à la fois attirante et dangereuse. Mais il y a un mot gravé au fond de moi comme la marque au fer rouge d'un condamné : espoir.

Avoir l'espoir implique certaines obligations. L'espoir est quelque chose d'aussi concret qu'une heure de rendez-vous qu'on note dans son agenda, et d'aussi contraignant que faire la vaisselle et jeter les ordures après le repas, mais j'ai décidé de prendre ce chemin. Quand on me demande pourquoi, je n'ai pas grand-chose à répondre. Comment dire, ce n'est pas parce que je suis écrivaine, encore moins parce que je serais une personne remarquable, c'est juste parce que cela convient à ma nature.

C'est un choix peu original que j'ai fait après une trop courte expérience de la vie, je l'admets, mais je ne lâcherai pas ma plume. Tout comme on ne vit pas pour faire souffrir les autres, on ne vit pas non plus pour leur plaire. Je continuerai d'exprimer par écrit ce qui me tient passionnément à cœur, en me faisant confiance, en ne comptant que sur moi-même et en gardant le silence le reste du temps. A présent je peux regarder en face la faim, la violence dans le monde et la misère des enfants, dont je détournais avant précipitamment les yeux, de peur d'en avoir le cœur meurtri.

Derrière ma fenêtre, le ciel est couvert mais le vent est doux. Une fois toutes les feuilles du ginkgo tombées, combien de temps faudra-t-il attendre avant que revienne le printemps ?

Combien de fois tombera la neige et soufflera le vent avant que les feuilles repoussent et que les fleurs se fanent ?

Achevé d'imprimer sur les presses
du Groupe Horizon
Plaine de Jouques - 13120 Gémenos

Dépôt légal : janvier 2018